KB083466

背中の地図
배면의 지도

지은이

김시종 金時鐘, Kim Si-jong

1929년 부산에서 태어나 제주도에서 자랐다. 1948년 '4・3항쟁'에 참여했다가 이듬해 일본으로 밀항해 1950년 무렵부터 본격적으로 일본어로 시를 쓰기 시작했다. 재일조선인들이 모여 사는 오사카 이쿠노에서 생활하며 문화 및 교육 활동에 적극적으로 참여했다. 1953년 서클지 『진달래』를 창간(1958년 폐간)했지만 조선총련과의 갈등으로 힘든 시절을 보냈다. 이후 조선총련의 탄압을 뚫고 독자적 활동을 펼치며 오늘에 이르고 있다. 1986년 『'재일'의 틈에서』로 제40회 마이니치출판문화상, 1992년 『원야의 시』로 오구마 히데오상 특별상, 2011년 『잃어버린 계절』로 제41회 다카미 준상, 2022년 한국 아시아문화전당에서 수여하는 아시아문학상을 수상했다. 1998년 김대중 정부의 특별조치로 1949년 5월 이후 처음으로 제주도를 찾았다. 시집으로 『지평선』(1955), 『일본풍토기』(1957), 『니이가타』(1970), 『이카이노시집』(1978), 『원야의 시』(1991), 『화석의 여름』(1999), 『경계의 시』(2005), 『재역 조선시집』(2007), 『잃어버린 계절』(2010), 『배면의 지도』(2018) 등이 있다. 시집을 시작으로 자전과 평론집 대부분이 한국어로 번역되어 나왔다.

옮긴이

곽형덕 郭炯德, Kwak Hyoung-duck

일본어문학 연구 및 번역자로 명지대 일어일문과 교수로 재직 중이다. 저서로 『김사량과 일제 말 식민지문학』(2017)이 있고, 편역서로는 『오무라 마스오와 한국문학』(2024), 『오키나와문학 선집』(2020), 『대동아문학자대회 회의록』(2019)이 있다. 번역서로는 『일본풍토기』(김시종, 2022), 『무지개 새』(메도루마 슌, 2019), 『돼지의 보복』(마타요시 에이키, 2019), 『지평선』(김시종, 2018), 『한국문학의 동아시아적 지평』(오무라 마스오, 2017), 『아쿠타가와의 중국 기행』(2016), 『니이가타』(김시종, 2014), 『김사량, 작품과 연구』1~5(2008~2016) 등이 있다.

배면의 지도

초판인쇄 2024년 5월 31일   초판발행 2024년 6월 10일
지은이 김시종   옮긴이 곽형덕
펴낸이 박성모   펴낸곳 소명출판   출판등록 제13-522호
주소 서울시 서초구 사임당로14길 15, 2층
전화 02-585-7840   팩스 02-585-7848
전자우편 somyungbooks@daum.net   홈페이지 www.somyong.co.kr

값 19,000원   ⓒ 곽형덕, 2024
ISBN 979-11-5905-913-1 03810

뼈묘의 지도

김시종 지음
곽형덕 옮김

일러두기

· 시에 붙인 각주는 모두 옮긴이 주이다.

· 이 시집은 김시종 시인의 『背中の地図』(河出書房新社, 2018)와 『原野の
詩』(立風書房, 1991)에 실린 「拾遺集」, 시 잡지 『樹林』(2019 春)에 실린
「形そのままに」를 더해서 번역한 것이다.

시인의 말_ 한국어판 『배면의 지도』 간행에 부치는 글

후쿠시마 원전을 파탄에 이르게 하고 멜트다운meltdown
까지 일으킨 동일본대지진을 소재로 해서 쓴 『배면의 지
도』는 이중삼중의 사정이 겹겹이 쌓인 희유稀有한 시집입
니다.

우선 『배면의 지도』는 입원해 병상 위에서 엮었습니다.
심방세동으로 급히 입원해 40일 동안 간호라는 이름의 감
시하에 놓여 있었습니다. 간호사가 순회하는 잠깐의 틈과
틈을 이어 메모를 정리해가며 제 생애의 잔영일 터인 시집
을, 무언가 부족함을 인지한 채로, 허둥지둥 엮었습니다.
입원을 하고 나서야 진정으로 자신의 수명이 얼마 남지 않
았음을 실감했습니다.

세계 굴지의 대도시 도쿄에서, 갑자기 앞이 보이지 않을
정도의 정전이 발생해 어둠 속에서 갈팡질팡하며 길을 따
라 같은 방향으로 꿈실대던 으스스한 상황은, 자연의 위협
이 얼마나 준엄하며 광대한지를 실감케 했습니다. 또한 사
람은 실로 개미 정도의 존재밖에 되지 않음을 뼈저리게 깨
달았습니다. 살아 있는 그 자체의 공포를 동일본대지진이
일어난 저녁에 그야말로 처음으로 몸소 체험했습니다. 이
것이야말로 시집을 출판한 가장 큰 동기였습니다.

복잡한 사정은 거기서 멈추지 않고 성가시게 달라붙었습니다. 당시 82살의 저는 문학상을 받기 위해 도쿄로 가고 있었는데, 모처럼의 수상식이 대지진으로 취소되고 말았습니다. 한 번도 드문 이변이 제게 겹쳐 일어났던 겁니다. 생각해 보면 저는 지구적 규모로 시련이 닥쳐온 날, 사람의 지혜가 빚어낸 교만을 벗겨낸 3월 11일에, 준엄한 계시를 받고 이와 마주하는 드문 한 사람이 되었습니다.

　혼자서 발버둥을 치더라도 후쿠시마 원자력발전소 파탄만은 계속 마음에 담아두려고, 해가 오고 갈 때마다 자신에게 사건을 되돌리듯이 언어를 늘어놓으며 30편의 시를 썼습니다. 같은 지점에서 푸념을 자신의 의지력인 양 반복하며 서둘러 매듭을 지어버린, 생각한 것의 반절 정도인 시집입니다.

　실제로 각지의 원자력발전소는 아무렇지도 않은 듯 재가동되고 있습니다. 하물며 인류 역사상 처음으로, 과학적으로 안전함이 확인되었다고 하면서 방사능 오염수를 공공연하게 바다에 버리기 시작했습니다. 시를 쓰며 한계점에 오게 한 것은 노아의 홍수를 연상시키는 동일본대지진으로 인한 대재해, 특히 멜트다운을 일으킨 후쿠시마 원자력발전소의 파탄에 집착하면 할수록, 그곳에 사는 마을 사람들의 속마음이 들여다보였다는 점입니다. 원자력 파탄의 밑바탕에는 그 땅에 사는 주민들의 갈망과도 같은 원자력발전소 유치 찬성이, 마을을 부흥시켜 생활을 안정시키고자 하는 바람이 저류를 이뤘던 것입니다. '배면의 지도'가 시집의 제목이 된 애초의 까닭이기도 합니다.

　일본문학과 한국문학을 동시에 연구하는 곽형덕 교수는 다시금 제 시집 『배면의 지도』를 모국어로 옮겨줬습니다. 이것으로 제 시집 대부분이 곽형덕 교수의 아낌없는 노력으로 모국의 독자와 단단한 유대로 맺어졌습니다. 호의 이상의 후의를 깊이 느끼고 있습니다. 더불어 정성 들여 해설을 써준 류큐대학의 오세종 교수에게도 친애하는 마음을 느낍니다. 단카적短歌的인 서정의 부정을 새겨 넣은 오노 도자부로小野十三郎의 『시론』을 제 시작詩作의 바탕을 이루는 의식의 흐름으로 파악해 논하고 있는 것 또한 오세종 교수가 아니고서는 할 수 없다고 생각하고 있습니다.

경의를 표하며
2024년 4월 27일
김시종

차례

습유집

배면의 지도

노아의 홍수를 연상시킨 동일본대지진의 땅, 도호쿠東北 산리쿠三陸해안은 일본열도를 구성하는 혼슈本州의 배면背面이라 나는 생각한다. 돌아봐도 자신에게는 보이지 않는, 운명의 표식이 붙은 것과 같은 뒤쪽이다.

I

파도산 그후

아침에

새해 며칠간은 채널을 돌려도
새해를 축복하는 웃음이 넘쳐났다.
화면 한가득 공감을 모으고
또렷이 영봉 후지산도 빛난다.
경사진 들판이 흐릿하고 아득한 도호쿠에서
녹슨 그네가 늘어진 채
삐걱대는 소리조차 내지 못했다.
온종일 바람이 휘몰아치고
사내는 조각상이 돼 고목 그늘에 있다.
싱글벙글한 내가
우연히 그것을 언뜻 보았다.
클로즈업된 그래프가 맹렬히 아래위로 움직이고
주가가 몹시 널뛰는 새해였다.
새해는 벌써 흥청댄다.
머지않아 초목이 움트는 새봄이다.
다시 돌아가지 못할 집이지만
덩굴 풀 자라고 꽃이 핀다.
풀고사리 무성한 중생대까지도

혹은 넘어야만 할 막막한 시간이
그 언저리에서 떠돈다.
구름은 낮게 드리우고
눈을 뒤집어 쓴 묘비가 쓰러진다
나는 수선화처럼 근심을 또 하나
마음에 안고서
바람 속을 소리 내어 떠드는
뱀밥처럼 시위대의 일단을 쫓는다.

부재

가끔 바람이 그치면
매화가 어슴푸레
축 늘어진 가지 끝에서 부풀어 있다.
수선화도 맨드라미도 백합도
근방에서 예년처럼 피고 졌다.
정신없이 계절은 돌아오고
층적운을 빠져나온 햇살 또한
덧문 밖 툇마루에서 같은 모습으로 졸다 돌아왔다.

몇 해 지나갔나.
울타리 족쇄도 풀리고
마음껏 찾아도 되는 귀로다.
그럼에도 사람들은 여전히 부재하며
빛의 가시가 만들어낸 양화만이
대기에 숨어 넘친다.

어금니를 깨물고
외면했던 갈림길이었다.

버렸던 고향이 아니라
정주할 수 없는 마을을
그곳에 놓고 왔다.

별안간 "기준치 이내"였던 수치가 튀어 오르고
1밀리시버트 연내 피폭 한도가
20배가 넘는데도 귀환 가능하다는데
마침내 바람도 거꾸로 불고 또 부는가.

멀리서 소망할 수밖에 없는 애착은 뜬구름으로 흘러가고
꿈이 뒤적이는 꿈처럼
근방에서 살다가
사라졌다.

거미집

후쿠시마 오나미大波지역* 길이 젖어 있다.

느닷없이 세차게 옆에서 들이치는 소나기를 뒤집어쓰고

물이 들기 시작한 정원수 잎사귀를 흩뿌리며

채소밭 땅까지 깎았다.

자애로움이여, 우리의 배려는

갈 곳 없는 골칫거리를

시커먼 '유연성 용기'에 봉인할 수 없다.

과학과 허구의 포옹은

태초의 혼탁함에 소용돌이치고

후쿠시마는 이미 행복한 향토인 복도福島가 아니다.

오슈奧州가도의 역참이라 생각했는데

이미 관문이다.

사념이 얽힌 원자력의 에고가 담장을 온통 둘러치고

주변을 위압하며 우리 내면에 물보라가 낀다.

제염除染이라는

처음부터 결정된 허구가 시작된 것이다.

---

* 방사능에 오염된 후쿠시마시에서 제염이 시작된 것은 2011년 10월
  18일이었다. 제염은 오나미(大波)지구부터 시작됐다.

길가에 인접한

자주피난自主避難 중인 빈집 벽이 젖어 있다.

일찍이 자리를 잡은 것은 무당거미다.

넓게 펼친 거미집에 물방울을 흩뿌리고

닫힌 문짝 안쪽에서 빛나고 있다.

길의 이유

이 포장도로의 단단한 경계 앞에서
누구든 가다가 해가 저문다.
그대로 얼간이가 된다.
새롭게 마무리된 구획정리처럼
정연히 모범이 교차하며
한들한들 넘을 수 없는 경계가 빛을 받아 아름답게 빛난다.

적란운이 정상에서 염료가 돼 녹기 시작한다.
산 끄트머리에 걸린 얼룩 색상에 불길이 인다.
아무리 기세가 좋아도
여기에는 이제 마을 소방관조차 없다.
다만 붉은 게만이
기술의 궁극을 발휘해 아스팔트를 기어간다.
상당한 개체의 모반이다.
마침내 눈을 부라린 개의 극한.
나라도 바라볼 위치에 있다면 적의를 드러낸다.
서로 접근할 수 없는 거리를 사이에 두고 적응하는 것이다.

아암 그렇지, 돌아오는 사람이 없어도 해는 진다.
내 배후에서 둑을 넘어 탁류가 넘치고
난바다 쪽 어딘가에서 항로를 잃은 배 한 척
야음을 틈타 목을 쥐어짠다.
멀리서 짖는 소리는 꼬리를 끌고
산기슭 수풀에서 흐르고 있다.
길은 곧바로 바다로 튀어나오고
당도하기 전에 없어진다.
그 앞이 원자력발전소다.

애도 아득히

몸뚱이는 뒤얽혀 떠내려가는 나무가
정체된 밑바닥에서 흘러내린다.
판별할 수 없을 정도로
인간을 벗어난 시체였다.
밤새도록 태풍이 몰아친 여파로 비바람이 치고
사람들은 숨을 죽이며 돌아오지 않는 가족의 권화勸化를
빌었다.

내 양손은 합장한 채로
굳어갔다.
확실히 윤택해진 손이었다.
천외天外의 푸른 불을 끌어들여
단란함을 떠올리게 한 마을이었다.
그해 봄
마을과 함께 휩쓸려 사람들이 사라지고
그해 여름에도 다시 여기저기 산이 허물어지고
사람들이 사라졌다.

사람이 거주할 수 없는 공백이 주위를 없애고
갑자기 침묵이 일어
버스 기사가 돌아봤다.
나는 입까지 굳었다.
동공이 없는, 그는 죽은 자다.
쌓인 잔해 사이를
자원봉사자의 선의가 함께 태워진 채 달리고 있다.

바싹 마른 말을 내뱉고
차창을 열어 들이마시고, 또 내뱉어도
빼앗긴 목숨의 행선지는 희미해서 보이지 않는다.
어지간히도 깊게, 죽은 자가 자신의 죽음을 매장한다.
시대가 뒤틀려서 몸부림칠 때만큼
사람은 신묘하게, 죽은 자가 없는 죽음을 애도한다.
애도함으로 갑자기 죽음을 묘석으로 바꾼다.
시체는 점점 더 속이 텅 비어간다.
죽은 자는 누구이며 나는 어떤 죽음의 누구에게
손을 모으고 있는 것일까.

이변은 예측하지도 못할 황폐함을 낳고
휩쓸려간 거리는 또렷이 에워싸여
잠겨 있다.

어쨌든 나는 나아가야만 한다.
그것도 돌아오기 위해
나는 가서 되돌아와야만 한다.
처음 지나가는 해변 마을의
그림자조차 둔한 저녁놀 속을.

마르다

아지랑이^{陽炎} 연작시 ①

바라보는 저 멀리
햇볕도 쨍쨍한 아지랑이 되어
아지랑이 되어,
그림자도 오그라들고
골조만 남은 청사^{廳舍*} 잔해
아지랑이 되어
오가며 지냈던 삶, 사람들의 노래,
그곳에서 속삭이던 푸른 사상도
죄다 바싹 말라비틀어져
태고의 황무지로 아지랑이 되어
우리의 열망, 우리의 내일,
남몰래 흘린 잔해의 눈물
우물거렸던 분노도 염천^{炎天}에 출렁여
아지랑이 되어,
밤하늘에 언젠가 흩어져 깔린
마음 쏠리는 시공의 채색

---

* 후쿠시마 원자력발전소 내 주요 건물을 뜻한다.

꽃불.

그래, 그리고 달,

하나하나 마음에 머문

작은 기원의 별.

모든 일이 끝난 후

가시빛*에 앙얼을 입은 것

온종일 녹색 날개를 펼치고

섬광에 캄캄해지는 흑내장의 여름을 뒤틀리게 하는 것.

또다시 돌고 돌아 여름이 오고

아뜩한 빛의 어둠이 되어

바라보는 곳은

어둠이 되어.

---

*   원자력발전소에서 새어나오는 방사능을 뜻한다.

피어오르는 8월

아지랑이陽炎 연작시 ②

햇살도 빛도

염천에 출렁이며 아지랑이 되어

땀투성이 기억의 아즈랑이 되어,

팽팽하게 뻗어 부풀어

터무니없는 풍선風船의 백열 되어

8월의 꿈, 울려 퍼진 노래,

모여드는 그리움도 깊어진 채로

빙정氷晶을 머금은 먹장구름 되어

불현듯 인간 세계에 눗날을 드리듯 들이쳐

또다시 물크러지고 번쩍이며

비탄도 함성도 기화氣化됐던 날들도

흰 햇살 아지랑이 되어,

사물 언저리에서 끓어올라

희구도 기원도 가로막힌 언어도

바삭 마른 아지랑이 되어,

8월의 하늘

천공을 태우고

치솟아 올라간 구름.

흔적도 없이 삼킨

하늘의 깊이를

기영機影 한 줄기 꿰뚫고 가고

활주로 넘실대며

흔들흔들 철조망 너머로 아지랑이 불타고

눈앞이 어두워지도록 출렁이는

한나절 빛 아지랑이 되어,

원자로 건물 그대로 드러난 덮개에서 끓어올라

점점 불어나는 지구의

늘어진 더위 아지랑이 되어

나날의 밑바닥을 휘젓고 뒤틀어

하얗게 불타올라

아지랑이 되어,

가냘픈 연기의

한 줄기 선향 아지랑이가 되어.

「마르다」에 부쳐

82세에 이르러 과분한 칭찬을 받고 어느 문학상을 받으러 도쿄로 향하고 있던 나였지만, 모처럼의 시상식은 자연의 경이로운 충격으로 무산되고 말았다. 도저히 겹칠 것 같지 않았던 이변이 바로 내게 일어났다. 생각해 보면 정말로 나는, 지구적 규모의 시련이 닥쳐온 날 인간의 지혜라는 사치를 벗어버리고도 남음이 있는 3월 11일, 준열한 계시를 받는 자로 뽑혀 마주봐야 하는 몸이 됐다.

이만 명 가까이 빼앗긴 사람들의 목숨부터, 말할 수 없는 생명의 엄청난 죽음. 만 수백여 마리가 넘는 소, 십만이 넘는 돼지, 이십만에 가까운 닭의 아사, 너무 많은 죽음을 생생히 지켜봐야 했고, 출입금지 위험 지역에서 떠돌고 있는 무표정한 개를 만부득이 보기도 했다. 노아의 홍수가 연상되는 동일본대지진은 그대로, 일본에서 지금까지 나왔던 현대시의 현실마저 파탄으로 몰고 갔다. 관념적인 사념의 언어, 타자와는 어디까지도 포개지지 않는 지극히 사적인 자신의 내부 언어, 그런 시가 쓰이는 까닭이 근저에서부터 뒤집혔음을 실감했다.

"흡사 노아의 홍수와도 같은 동일본대지진이라는 참사

조차 이윽고 기억의 바닥으로 가라앉고, 또다시 봄은 아무 일 없이 예년처럼 돌아올 것이다. 기억에 스며든 언어가 없는 한, 기억은 그저 흔적에 지나지 않는다"라는 문장은 대지진이 일어난 다음 날에 도쿄의 어느 신문에 내가 썼던 에세이다. 어떻게 하면 "기억에 스며드는 언어"의 실을 잣을 수 있을 것인가. 언어의 표현자인 자신에게 부과된 서약이기도 했던 독백이다.

지진이 일어난 땅과 이어지는 애착이 담긴 언어로서 인기를 끈 '유대'가 담긴 성원마저 이제 주위에서 들려오지 않는다. 후쿠시마 제1원자력발전소 원자로 건물의 폭발조차 지나간 기억이 됐고 원자력발전소 재가동이 기정사실로 굳어져 진행되고 있다. 8월은 일본에 원자폭탄이 투하된 달이기도 하다. 원자력발전은 원자폭탄과 이어지는 원자력이다. 번쩍이는 태양 아래 일본 전체의 바다와 산이 흥청대고 있다. 졸시 「마르다」는 대지진 이후 "기억에 스며들"게 하려 어떻게든 써 내려간 시다.

주문

견디면 다시 봄도 움틀 것이라고 누군가 말하며
묵은눈조차 밑에서부터 녹이는
나무의 뿌리가 되라고 바람이 말한다.
거꾸로 선 바다와
암굴 푸른 도깨비불과 장난치며
산리쿠三陸 대지에
산토신産土神이시여 되살아나소서 하고
끊어진 선로를 따라 손을 모으고
마음 한껏 륙색을 메고
손으로 한 번 뜬 담수가 되라고 풀숲에서 풍기는 후터분
한 열기가 말한다.

쓸쓸한 부근에도 달개비꽃이 피어 있다.
말라버린 소수疏水* 한편에 해오라기가 멈춰 서 있다.
그곳에 살며 견뎌야만
치유되는 재해는 없다고 산이 말하고

---

* 발전·급수·운송 등을 위해 만든 수로.

그럼에도 바다는 돌아가야 할 곳이라고 강은 말한다.

한 점 불빛이 밝히는 단란함을 새삼스레 깨닫고
조심스러운 마음이야말로 불빛이라고 어두운 밤이 둘
러싼다.
돌아올 수 없는 고향의 먼 마을에서
잊어버린 일처럼 저녁밥을 먹으러 가고
이산離散도 사산四散도 바람에 날려 뿌리내리는 깃털이
라고
닫힌 방에서 혼자 바람에 날아갈 듯한 자신을 생각한다.

기류는 바람을 품고
강은 흘러 바다를 채운다.
만사는 오늘 그대로 이동해 가고
변해야 할 것은 너라고
뜰에 서 있는 나무가 몸을 흔들며 말한다.
이렇게까지 산과 같은 마음을 품고
그렇다면 올빼미라도 되면 어때 하고 숲이 말하고
차라리 둔치에 있는 작은 돌이 되라고 바다가 말한다.

종일 파도는 귀 깊숙한 곳에서 허물어지고
곰곰이 생각해 보자고 외면하지만

그럼에도 재앙은

아득한

저편.

건너다

잠깐 멈춰있을 때였다.

지나가는 내게

니시나리西成*가 어디냐고 묻는 남자가 있다.

질 듯하며 지지 않는 세밑, 네 갈래 교차로

젖은 머리를 한 초로의 남자와

집회에 가려 서두르는 내가

긴 언덕 아래 앞에서 오른쪽으로 꺾어지는

오사카의 미로인 가마가사키釜ヶ崎**를 손가락으로 좇고

있다.

나도 알 수 있는 도호쿠東北 말투였다.

부푼 휴대용 비닐봉투 모서리에서

아직 떨어지지 않은 물방울이 줄지어 있다.

지진 재해라는 이름뿐인 구제에서조차

완전히 버림받은 사내인 것 같았다.

———————

＊　　오사카시 남서부에 위치한 지역이다.

＊＊　오사카시 니시나리구의 옛 지명이다.

앞으로 상반신을 구부리고 륙색 등을 둥글게 하고
얼룩덜룩한 언덕을 내려갔다.

짚이는 데가 있었다.
징글벨 떠들썩함이 길게 이어져
급조된 장식품이 떠들썩하던 날,
아사히마치旭町* 길가의 좁은 상점가를 빠져나왔을 때
나는 보았다.

그와는 종형제 사이인 누군가임이 틀림없다.
원컵오제키One CUP OZEKI** 빈 병을 굴리며
때 국물이 긴 남자가 경마신문을 한 손에 쥐고 지쳐 주
저앉아 있었다.
선량계線量計도 없이
후쿠시마 원자력발전소에서 작업을 하던 파견 노무자
였으나
쓰고 버려진 백발이 섞인 사내다.

그러고 보니 전에 본 젊디젊은 노무자도
그와 헤어진 아들이 아니었을까.

---

*   오사카시 아베노구(阿倍野区)의 약칭이다.
** 한 컵 용량 술의 시초로 청주의 일종이다.

건축 현장에서 허리를 부딪쳐서
날품팔이 일을 하러 가기 위해 줄을 서 있는
성긴 수염을 한 남자 말이다.

깊게 드리운 한랭전선 밑바닥에서
한층 아래에 있는 밑바닥 땅으로 내려간 사내가 있다.
몇 겹의 구름 뒤에서 열도의 태양은 기울고
몇 줄기 수로로 스며들어
겨울 땀이 둔하게 습지의 이마에서 빛난다.

나는 그날
오늘날의 시를 이야기하러 가기 위해
교차로를 건넜다.
개축 중인 초고층 빌딩 덮개를 비틀며
시는 퍼덕퍼덕 강바람에 떨어질 뿐이다.
전해야만 할 짐도 이미 내게는 없다.
작은 울타리에서 그저 이를 갈고
하루하루 홱 낚아채이기만 하는 나였다.

스크램블 교차로에서
내게 길을 묻는 사람이 있다.
떨어져 있어도

잘 보이는 사람이

그곳에 있다.

II

날은 지나고

먼 후광

새해는 세월의 틈새를 말한다.
잊어버리는 것에 필적하는 일은 없다고
입을 다물고 있는 오래된 욱신거림.
그렇게 간과했던
본 적이 있는 기억의 앙금.
그 틈새로부터 틈새기 바람이 불어 오른다.
후리소데*가 요동치는 것은 그 때문이다.

새삼스러운 일도 아니지만
한풍寒風을 무릅쓰고 나무들이 움트고
곧 일제히 숨어 있던 것이 고개를 내민다.
그렇게 세상은
아름다운 무늬를 이루며 색채에 누그러져 간다.
내밀 리 없는 손목마저
숨막힐 듯 아지랑이 되어
숨어 있는 일체의 것들이 별일 없이 잔디밭과 싹튼다.

---

*　겨드랑 밑을 꿰매지 않은 긴 소매로 주로 미혼 여성의 예복이다.

그렇게 내 황폐함도 뒤덮인다.

그것이 언제 3월이었던가,

이미 마음이 쓰이는 일도 아니다.

한 해의 틈새에는 가지각색의 것들이 숨어 있어서

새해가 올 때마다 바뀌어간다.

먼 산에서 후광이 비쳐온다.

내게 살며시 퍼지는 것은

희미한 봄이 한 해의 틈새에서 떨고 있음뿐이다.

애가의 주변

또다시 해는 바뀌고
여전히 남겨진 것들.
그 이후로 입을 굳게 다물고 있는 덧문,
달라붙은 채로 시들어 썩은
뜰에 심은 나무의 능소화,
거기서 방울져 떨어지는 진눈깨비의 침묵.

다시 잃어버린 것들.
어둠을 흩뜨리고 빛나며
떠드는 마을의 환한 빛.
종이 오라기를 흔들며 대문에 장식한 소나무에 달라붙
어 떨어지지 않았던
그리운 처마 밑 바람.
마을의 하루를 꼬리를 끌며 고했던
먼 종소리, 그 녹슬고 낡은 여운.

봄에, 소생하는 봄에 사라진 것들.
저절로 모아진 흔들리는 마음의 손바닥,

우러르며 꾸김없이 평온했던
진수鎭守의 신을 향한 그 마음.
아마 이 근방에 핀 냉이꽃이었겠지,
이어져 있을 요량이었던 유대를 품은 사람들.

응당 있어야 할 해年를 잃어버린 자들.
마을 통째 그대로인 잔해와 무수한 조각들,
그것이 의미하는 곳의 깊은 매몰.
균일한 일상생활, 무너져내린 국가의 총체,
파르께한 천외天外의 빛으로 반짝이는 지능의 퇴적,
그곳에서 가로막힌 장식된 도로.

돌아보면 아아, 얼마나 많은 것을 잃어버린 것인가.
일상의 일부, 살아있는 것의 측면.
감상에 흐려지는 계절의 배색
그곳에서 터져 있는 미립자의 파편.
그야말로 사소한 신변의 잡동사니.

찢어진 전단지의 항의가 담긴 조각,
바람에 날려 쌓인 그늘의 낙엽,

흰빛에 희미한 유메노시마夢島*의 먼지, 마을의 먼지.

묻힌 쓰레기와 같은, 먼지와도 같은 돌아보지 않는 것들.

굶주린 흑수정의

까마귀 눈.

---

* 도쿄만의 인공 섬으로 과거에는 쓰레기 섬이었지만, 현재는 열대식
물관 등이 있는 종합공원이다.

다시 그리고 봄

길만이 잘 정돈된
인기척 없는 가로를 걷고 있었다.
무언가에 걸린 소리처럼
바람이 무방비인 창틀에서 울고 있다.
소학교도 여전히 내내 선 채로
교정에는 뒤섞인 소리가
그대로 드러난 피아노 선처럼 어려 있다.
박명은 재빨리 산기슭을 덮고
음영은 물보라를 치며 그 언저리에서 날아올랐다.

모든 것이 묽은 먹빛처럼 희미했다.
가을의 흔적인 마른 잡초도
닫힌 채로인 집 문도
없어진 사람들의 마음과 함께하며
재해를 헤쳐 나온 많은 얼굴은 겹쳐져 투명하게
어슴푸레한 나무들의 희미함을 물들이며 흘렀다.
모든 것이 이미 자연을 본떠 잠시 멈춰 서 있는 것이다.
이산離散은 떨어져 깔리고 눈이 흩날렸다.

살아있기에 볼 수 있는 광경이다.

바로 얼마 전 봄으로 해가 바뀌고

사라진 마을도 언덕도 눈에 파묻혀

마음은 나목 그대로 그곳에 우두커니 서 있다.

기억도 그와 같이 묵직하게 눈 아래에서 떨고 있겠지.

임시거처 칸막이에도 불빛이 이윽고 들어오고

노부부의 옴츠린 등도 모습을 드러내겠지.

나는 나대로 돌아갈 귀로에 들고

차창에 투명하게 떠 있는 자신의 얼굴을

응시하지 않고 엿보고 있음이 틀림없다.

봄이야, 하고 중얼거리면서.

밤기차를 기다리며

그곳에 아직 간 적도 없는데
어쩐지 소중한 무언가를 잃어버린 듯한 기분이 가시지
않는다.
밤이 올라치면 열차는 늘 산리쿠해안三陸海岸을 거슬러
올라가고
무인역에도 벚꽃은 예년과 같이 흩날리며
그곳에서 나는 또한
박눌한 누군가를 방치하고 있다.

특정한 누군가가 아니라
분명히 구별할 수 없는 사람인데
그럼에도 생생히 얼굴이 보인다.

내가 가는 길에 해가 저문 것은
텅 빈 네거리에서다.
어디에도 이르지 못하는 길만이
재빨리 정돈돼
사라진 마을

바다로 가는 포장도로
좁은 곁길부터 끊어져 버렸다.
분명히 그쯤이다
무언가를 가져오지 않고 잊은 것은.

널찍하게 바람은 건너가고 있는데
가슴 한가득 빨아들일 바람은 일지 않는다.
바닷물 내음까지 슬쩍 빼앗겨서
나는 그저 숨을 죽이고 있을 뿐이었다.
아마 그렇게 찾아갔던 저 앞까지 희미해져 있겠지.
늘 쓰던 저 노트조차
그러고 보니 어딘가에 뒤섞여 사라져 버렸다.
네모진 손잡이 달린
비닐봉지 안에 분명히 넣어두었는데 말이다.

유대나 격려나
지연 혈연과 같은 필사적인 인연이 가득했다.
아물지 않는 재해를 향한
부족하나마 내가 준비한 추렴이었다.
어째서인지 그것이 눈에 띄지 않는다.
역시 서먹서먹함은
자신이 둘러싸고 있는 거리距離인 듯하다.

도호쿠는 결국 일본열도의 등줄기 부근에서 신음하고
있는데
　　그곳은 뒤돌아봐도 잘 보이지 않는
　　어두운 배면이다.
　　잊어버린 무언가가
　　수수께끼 암호처럼 달라붙어 있다.

　　히로노ヒロノ는 이제 갈 수 없는 역이다.
　　멀리서 외치는 소리처럼
　　해조음이 바람을 달고 흐르고 있다.
　　또다시 갈아타고서 길을 찾아 후쿠시마로 가고
　　몇 그룹 젊은이들은 반대편 플랫폼에서
　　후쿠시마를 떠나가는 열차를 기다리고 있다.
　　그들도 또한 남겨둔 무언가를 안고서
　　고향을 뒤로 하고 도회로 떠나간다.
　　마음에 둥지를 튼 허기처럼 말이다.

　　그렇지, 뉘우침은 그렇게 시작되는 거다.
　　내가 두고 온 소중한 것도
　　유대 따위 자투리였는지도 모른다.
　　격려하고 화목하게 추렴해서
　　또다시 천외天外의 푸른 불을 자극하는 것인지도 모른다.

텅 빈 사거리를 가다가 해는 저물고
무릎을 껴안고 있었던 것도 어쩌면
돌아갈 곳에 돌아갈 수 없는
자신의 고향이었는지도 모른다.
되돌아가기로 한다.
무인역에서
밤기차를 기다리며.

희미해지는 날들

괴롭다고 해서
말뿐인 주장은 그만해주게.
잠들지 못하는 한밤중
혼잣말을 하는 독백이 있다면
그것은 미뤄도 되는 내일의 이야기다.
지금은 그저 눈을 감고 손을 모아야 할 때.
날을 잡아놓고 휩쓸려 간 새색시의
어머니를 위해서 입술을 깨물고
창가의 어둠을 두드리며 돌아온 젊은이의
오열을 위해 목소리를 쥐어짜자.
슬픔인들 지쳐 끝내는 희어진다.
그럼에도 서성이는 슬픔을 응시하며
살아갈 수 없게 된 거리의 흰 새벽과 마주하자.
날이 밝아도 저물어도
어떠한 누구에게도 그것은 보이지 않는다.
대기의 싹에 깎여서 뾰족해진 방사능 노이즈는
어디의 누구에게도 들리지 않는다.

변치 않고 아침에 나팔꽃을 피우고
해바라기는 염서에 고개를 쳐들고
긴 햇살도 언제나처럼 저물어 간다.
한없이 넓은 매미의 절창이다.
이유도 없이 계절을 다투며
어처구니없게도 여름이 절정이다.

등은 뒤돌아볼 수 없다

근질근질 간지럽다던가
찔려서 고통스럽게 간지럽다던가
아무렇게 팔꿈치를 굽혀서 목덜미로 각도를 좁혀도
오른쪽이 안 돼 왼쪽 손가락 끝을 세워
뻗어도
늙은이 골격으로는 아무리 해도 안 되는 지점이
등에 하나 있어
삼면경三面鏡을 등 쪽으로 비춰도
뒤돌아보면 그곳은 더욱더 비틀린 방향
측면에 숨어 시야에서 점점 멀어져 버린다.

멋쩍게도 나는 그때 신칸센 화장실 안에 있었다.
옷을 껴입어 어깨뼈 우묵한 곳이 몹시 깊어
진기珍奇한 행위를 반복하는 사이
열차가 갑자기 멈췄다.
어찌 할 수 없는 무언가가
일본에서 가장 손이 닿지 않는 곳에서 돌발한 것임을
나는 즉시 제 몸으로 감지했다.

심야 도쿄역은
도시에 돌연히 출현한 난민으로 넘쳐났다.
으스스할 정도로 말이 없는
군중은 제각기 꿈실꿈실 움직였다.
'우라 니혼裏日本'*이란 틀림없이
척량산맥脊梁山脈을 북쪽으로 넘은
니혼카이日本海 근처 지방이다.
거대한 쓰나미는 실로 그 뒷면의 뒤를 찌르며
활 모양 혼슈本州** 반대쪽을 덮친 것이다.

어째서인지 내게
일은 언제나 자신이 없는 곳에서 터지고
확인할 수 없는 곳에서
이변異變은 돌발한다.
그런 내가 그 순간, 또렷이
자신의 등에 균열이 생긴 것을 느꼈다.

---

* 　니가타를 포함한 도호쿠지역은 메이지유신 이후 교통이 불편해 근
　대화에 뒤처지면서 우라 니혼(뒷쪽 일본)이라 불렸다. 태평양 쪽이
　오모테 니혼(앞쪽 일본)이라 불린 것과는 대조적이다.
** 　일본열도 중앙에 있는 최대 크기의 섬이다. 혼슈는 도호쿠, 간토, 주
　부, 긴키, 주고쿠 다섯 개의 지역으로 나뉜다.

허다한 재앙을 남기고

파도 산山濤이 바다로 돌아갔다.

당사자인 일본인이라 하더라도 대게는

누군가의 말을 들은 후에야 돌아보게 되는 일이 있다.

원자력발전소 건물이 나가 꼬꾸라진 것도

그런 사각지대 한복판에서였다.

옷을 껴입어야 하는 계절이 다시 찾아오고

새삼 자신의 등을 만지작거린다.

역시 닿지 않는다.

무엇이 그곳에 달라붙어 있다는 것이냐?!

자신의 바로 뒤

등에.

익숙해지고 바람에 날리어

아니 오히려, 언뜻 보고 더북더북한
과거 또한 있다.
뒤적거린다고 해서
주위가 어두우리란 법은 전혀 없다.

바뀐 보람도 없는 날들을 늘어놓고
그만큼 익숙해져 버린 많은 물건.
정든 평온,
오르막 귀틀의 광채,
고속도로마저도 경관이 되어
죄다 편리함에 주저앉아 버린
의식의 귀퉁이.

그렇기에 따라해 본다.
전승에 둘러싸일 때
저 엄숙한 축문의 축복.
돌층계 끝에 가라앉아 있는
신성한 곳을 나누는 종이 안쪽 저 희끗한 어둠을

모든 것은 정들면 보이지 않는
명확한 모습이다.
상인방上引枋에 걸려 바래는 사진처럼
낮에는 그러므로 어둠까지도 희끗희끗하다.
부름을 받은 병사도
때때옷을 입은 어린이도
박수를 치며 참배길 도리이鳥居*를 떠나갔다.

유지 그대로 고이 접은
옷장의 군복.
전승을 알리는 신문지.
몹시 큰 어딘가 대신 나리의 포장褒状 액자.

전승은 거기서
정신사가 돼 숨쉬고 있다.
암기한 신조도
말 한마디의 평화에도
비린내가 떨어지지 않는다.
그리고 우리는 완전한 자유다.

---

*   신사(神社) 입구에 세운 기둥문.

무언가를 이룬 적도 없는 우리의
편리한 자유다.

그런 식으로 꾸미고 살아왔다.
목숨을 건 영령의 하사품이라는
자신의 거짓 없는 시늉을.
밝히자면 자유는
이득에 얽힌 득실이었다.
파탄한 원자력발전에까지 이득을 거듭하는 것과 같은
들러붙어 있는 중류 의식이 사는 보람이 돼 버렸다.

역시 전후戰後는
먼 곳을 그저 바라보며 살아온 세월이었던 것이리라.
모든 것을 과거에 보내버리고 말았던
퇴색한 기억의 희끗함이겠지.
해가 바뀌고
지나간 시대로 바람은 심해지고
갈 곳 없는 까마귀가
자취도 없는 군수품 제조 공장 터
공원 숲에서 까악까악 울면서.

원통은 빛난다

어떤 수도 통하지 않는 원통 탱크가
원자로 건물 주변에 우뚝 서 있다.
비어져 나온 것은 추세에 따라 방치돼
돌아보지 못했던 것은 구석구석까지 주위에 스며들어
도달한 곳 바로 근처 바다에서 용해된다.
그것이야말로 그때의 추세에 따라 생긴 일처럼
지하에서 용솟음치는 오염수를 끌어안은 원통이
심방세동으로 와들와들 떨리는 것은 아무렇지도 않다
는 듯
은색으로 빛나며 번뜩이고 있다.

갈 곳 없는 죽음의 물은 원통으로 원자력발전소 주변을
메워가고
그 위로 바람이 소용돌이치며 지나고
언제 터질지도 모를 포만감의 트림은 오만상과 같다.
서로 어우러진 빛의 가시가 벗처럼 속삭이며
두루 돌아다니는 조수가 소리를 죽이고 중얼대고 있다.
될 대로 살아가는 인생처럼

돌아보지 않는 것들을 원통이 밀어 넣고
번쩍번쩍 원자력발전소를 둘러싸고 빛나고 있다.

바람의 여운

부산을 떨던 날이 꿈만 같다.
왠지 침착함도 자리 잡아
한나절인 오늘도 맥 빠진 채로 기울어 간다.
그늘처럼 자욱이 끼어 있던 슬픔.
특히 인상 깊었던 몇몇 이름까지
매정히도 기억 언저리에서 희미해지고 있다.

퇴거된 대부분의 지구地區도
이미 돌아올 수 있는 거주지가 됐다고 한다.
나란히 서서 말라가는 논두렁 해바라기 너머
파종했을 리 없는 벼가 노랗게 물들어 흔들린다.
그늘 하나 없는 집들이 건너편에 보인다.
그렇게 모든 것이 조망하는 위치에서 희미해져 간다.

천외天外의 불까지 푸르게 켜졌던 원자력발전소의 예지도
수맥이 마르지 않는 물보라에는 속수무책이다.
불현듯 굳은 동토의 벽도
방사능 범벅으로 새어 넘치고,

푸르게 가라앉은 연료 데브리^{débris}를
그저 천좌遷座*하심의 헤아림만으로 세월을 보낸다.

근원적인 조화造化의 바탕인 자연을 위협함은
조심성 없이 신의 영역에 발을 들이는 것이다.
눈앞의 이득에 고도경제의 성패를 맡기는 것은
어쩌면 그토록 우쭐함을 우리들이 내세웠음인가.
머지않아 땅이 울리고, 바다가 다시 소용돌이쳐
둘러싸서 안전한 푸른 불의 마을을 쳐낼 것이다.

언제인지 모르게 떠나간 가을 들판에서
나는 무엇을 새삼스레 바라보고 있는가.
모든 것이 똑같이
메마른 잎에 쓰적거리며 사라져 간다.
석양이 휑하게 꿰뚫린 가슴에 어두워지고
어딘가에서 꼬리를 끌고 다니는 사이렌이
바람인 채로 떠돌며 흘러간다.

---

*   천좌(遷座)는 자리를 다른 곳으로 옮겨 모시는 것. 신불(神佛) 또는
      제왕에 대하여 자리를 다른 데로 옮기시는 것을 의미하기도 한다.

III

재앙의 푸른 불은 타오른다

또다시 해는 가고

밤 내내 바람이 내달리고
눈이 그친다.
집에는 장식품과 같은 아내가 있고
늙음도 아직 창문 안쪽에 깃든 채로 있다.
직박구리만이 그럼에도 냉기를 찢고 왔다 떠나고
어른거리던 작은 새도 동백나무 잎 가장자리에서 새어
나왔다.

그렇게 모든 것이
나에게서 떠나가기만 하는 날이 기울고 있다.
그럼에도 외치는 목소리가
들려와 떠나지 않는 것은 어째서인가.
스며든 바람처럼
목소리는 들보 틈에서 들어왔다.
빛에서 먼
가냘프고 어두운 어렴풋한 목소리다.
조국, 그렇게 조국임이 틀림없던 북北이 아직 정의였을
무렵

뭉그대서라도 당도하리라
울며 그리워했던 벗이 있다.
찢어질 듯 손을 흔들며
창해로 멀어져 간 사람이었다.
연락이 두절돼
새 천년도 이미 십수 년 지나
산맥을 사이에 둔 후쿠시마에서
뿔뿔이 배웅도 없이 사람들이 흩어져 갔다.
무언가에 끌려가는 그림자 그림 같은 사람들이었다.
이처럼 해는 지나가고 있는데
우물거리는 그 목소리는 어느 곳에서 떨리고 있는가.

미끼조차 될 수 없는 남천南天*에 어렴풋이 햇살이 비치고
어느덧 눈은 소리 없이 내려 깔리고 있다.
이제 뒤엎이는 것밖에는 없는
조각과도 같은 나였다.
적어도 달려서
밤은 미친 듯이 춤을 춰야 한다고 생각했다.
정색을 하고 똑같이 사라지기만 하는 해年가
또다시 그곳까지

---

*　매자나무과에 속하는 나무로 남천속에 속하는 유일한 종이다.

누구도 없는 거리를 스쳐지나갔다.

그럼에도 축복받는 해는 오는가

아직 밝아오지 않은 밤.

박명의 틈새로 사물을 본다.

새까맣게 과학의 사치에 웅크린 거리.

늘어선 집들과 떨어진 변두리에 어렴풋이 하얗게 변한

앞이 보이지 않는 길.

나무가 서 있다.

서 있을 수밖에 없는 나무가 오금을 못 펴고

떨고 있음은

까닭모를 매미를 지금도

독기의 숲에서 울게 하는 것이다.

개 한 마리 머물지 못하는 거리에서

목청껏 공허하게 외치게 하는 것이다.

결코 잔해가 아니다.

그건 흩어져버린 살림의 파편이다.

뒤틀린 창틀에

달라붙은 신문지.

거꾸로 묻혀서

뜯긴 인형.
깨진 곳에 꽂혀 소리를 내는
이지러진 병에 난 바람의 상처 자국.

거짓말은 여기서 무리 짓는다.
마음에서 다정하게 가엾어 하고
무엇으로 무엇을 치유하고 있는가.
골조가 드러난 건물의 지붕을 드러나게 하고
긴 밤이 허예진다.
그럼에도 천외天外의 빛은
둘러싸 가라앉힌 수관벽 바닥에서
천 년 동안 변함없는 푸른 도깨비불을 풀어놓는다.

어차피 둘러싸인 불이다.
서로 이웃해서는 살 수 없는 빛이다.
닫아둔 덧문 마디를 꿰뚫고
빛이 한 줄기
방치된 낮은 다리 밥상 위에 닿는다.
은밀한 이
아침을 믿는다.

바람 속

역시 봄은 그럼에도 찾아와서
피기 시작한 완두콩꽃이
기울어진 펜스 그물코 한 면에 얽혀 있다.
쉽게 떠나지 않겠다는 듯
진눈깨비 바람도 다시 세차게 불어와
한층 덧문의 나뭇결을 때린다.
사람을 정주할 수 없게 하는 죄처럼
다만 입을 다물고
집은 그 날 그대로 서 있다.

살고 있으면서 알지 못하는
가봤던 곳곳.
그곳에 지체돼
우중충함이 모인 곳.
흩어져 간 곳에서도 한결같이 바람은 건너간다.
뒤섞인 무기질의 바람이
마음속까지 불어온다.

기억하려 해도 기억할 수 없다.

듣고 있어도 알 수 없다.

느끼고 있어도 보이지도 않는다.

그럼에도 사람은 다가갈 수 없다.

세슘, 베크렐, 가이거 계수관.

천분의 일 밀리를 계측한다는

마이크로시버트.

길모퉁이 슈퍼도,

줄서서 먹던 우동집도 노점의 채소 장수도,

빈터의 축구도 야구소년도,

비바람을 그대로 맞는 빈터에서 흰 그림자를 떨고 있다.

그곳에 있어야 했던 존재들이

땅울림과 같은 소리를 내며 떨고 있다.

이제 완두콩꽃도 피지 않으리.

길만이 그대로이고

누구도 다다르지 못할 길만이

또 정비돼

푸른 펜스도 완두콩꽃도

기세 좋은 덩굴 잎에 완전히 휘덮여 있겠지.

고양이

인기척 없어도
꽃은 이름 없이 피고
햇살은 덧문 나뭇결을 바래며 비치고 있었습니다.

지금이 계절이라고 주인 없는 뜰에서 잡초가 기세를 올
리고
어디선가 헤매던 검은 고양이 한 마리
젖은 툇마루 한가운데에서 등을 구부리고 응시하고 있
습니다.

마을 따위는 존재조차 하지 않았던 그 옛날
산고양이가 주인이었다고 하는 소마相馬* 숲에
지금 빛으로 오인된 백광白光이 줄기차게 내려
사람도 살아 있는 것도 적막한 옛날로 돌려놓고 있었습
니다.

---

* 　후쿠시마현의 지명

이제 기다리는 사람도 없는 시내에서
그럼에도 고양이가 거기에 있었던 것은 아마도
무언가의 기척이 아직도 툇마루에서
따스웠기 때문일 겁니다.

누군가를 그리워하는 마음을 거기에 남기고
산 하나를 넘어서 모두 사라져 갔습니다.
보이지 않는 가시는 지금도 일대에 널리 쏟아져 내리고
맑은 물은 그럼에도 변함없이 옛 기억을 띄우고 있습니다.

정주할 수 있을 리 없는 양지에서입니다.
수상쩍은 듯 이쪽을 살피고
무슨 일인가 하고 검은 고양이가 경계를 하고 있었습니다.
변죽만 울리는 저를 꼼짝 못하게 하면서.

후미의 작은 마을에서

도호쿠東北라 해도 여름은 역시 찔 듯이 덥다.
기울어진 펜스 한 면을 덩굴풀이 휘감아
함부로 피어난 접시꽃이
독특한 색조를 부풀리고 있어도
배船는 연결된 채 마을은 숨고
파도마저도 나른하게 물가에서 맥없이 주저앉았다.

물결이 잔잔해 늘어지는 해안가 집안에서는
젊은 남자 홀로 축축하게
좋아했던 여자를 떠올리며 땀을 흘리고 있다.
원자原子 범벅이 돼 바다는 죽고
자신에게 남겨진 것은 그 여자뿐이라는 기분이 들어서
선풍기를 채근해서 뒤늦은 상사병에 바람을 불어넣는다.
생계는 어려워도
어쩐지 사랑은 그런데도 눌러앉은 모양이었다.

보답은 조촐했으나 살아갈 수 있던 바다였다.
벼락부자로 부채살창문에까지 모두 돈을 들이고

고개 너머 번화가까지
같이 가서 소란을 떨며 외출하기도 했다.
몇 명째인가 유흥의 마지막이 그 여자였다.

밤을 보낸 날부터 여자는 바로 말수가 적어져
술잔을 채울수록 무턱대고 소주를 들이킨다.
젊은 마담의 술집에서 그렇게 손님도 멀어져 갔다.
파도의 꽃이 아직 흩날리던 봄날.
동굴의 푸른 빛에 바다가 허물어지고
여자도 술친구도 산마루 저 너머로 사라져 버리고 말았다.

개축한 집이 자랑이었던 아버지도 죽고
어머니는 등을 더 작게 웅크리고 살아갔다.
마을 경계의 연도에서
느슨한 리듬의 엔카가 끊어질 듯이 들려오고
헐떡거림이 근방에서 풀숲에서 숨막힐 듯 어른거린다.

어쨌든 가만히 잠들어 있을 수 없는 사내였다.
미적지근한 바람이 뒷산에서 일고
매미는 해가 기울어도 주위를 압도하고
줄지은 선미船尾에도 사내의 가슴에도
흰 앙금이 되비치고 번져 사무쳤다.

재앙은 푸르게 불타오른다

밥공기, 서랍, 폐자재.
그래도 옛 정취 남기고
울쑥불쑥
모여 살던 생활이 쌓여 있다.

아침 저녁 빛나던 창문이었다.
웃음 지으며 그곳에 존재했던 눈동자였다.
통째로 휩쓸린 잔해의 들판에서
바람이 거칠게 자국을 남긴다.

확실히 둔치였던 곳이다.
눈꺼풀에 찌든 물굽이 물가다.
쉬고 있던 배마저 밀어 올려서
파도의 산이 허다한 생애를 먼바다에 가라앉혔다.

바다 밑바닥에서 흙투성이 자갈밭 아래에
토사에 가로막혀 움직일 수 없는 생명이 숨막혀 한다.
헐떡이는 마을 사람들의 필사적인 손을 기다리며

찌부러져 딱딱해져 가고 있다.

부서진 것들이여,
조각이 되고 잔해가 되고
깨진 거울 파편이 돼
마침내 조용해진 끝없는 침묵이여.

온통 휩쓸어도 빼앗을 수 없는 향토다.
재앙은 향토에서 푸른 불을 내뿜는다.
움찔움찔 찔려
거리가 마을이 빛의 가시에 쪼개진다.

눈을 크게 뜨고 본다 해도
고요함에 뒤덮인 어둠을 내다볼 수 없다.
대기의 싹으로 뾰족해진
방사능 방출은 눈으로 확인할 수 없다.

눈을 감고 곰곰이 생각한다.
날이 갈수록 격해지는 지구의 거친 한숨을,
저 먼 곳 퍼런 불꽃에 흐려져 가는
울적한 불길의 새빨간 용솟음을.

눈부신 낭비에 들떠있는 것은
이곳에 밝은 자신이다.
편리함에 싱글벙글하며
밤을 내쫓은 불야성에 흡족해 한다.

떠올려보라.
산토신産土神이 계신 마을의 밤은
경이로움이 지배하는 심오한 어둠이었다.
경외함을 흩뜨리며
재앙은 푸르게 불타오른다.

창문

창문은 이제 하나의
벽에 지나지 않았다.
아무리 멀리 바라봐도
가로막힐 뿐인 경계였다.
높이만이 높아져서
바깥은 그저
관통된 유리가 펼쳐 보이는 무음의 세계다.
시내의 떠들썩함과
소란스러운 이변의 전율보다도
창문은 오히려 패배를 끌어안은
난해한 공간이고 싶었다.
그런 자족을 에워싸고 있는 울타리 안에서
내 창문은 언제 스스로 의지의 표현이 될 것인가.
특별히 내세울 의미도 없이
창문에서 별이 어른거리며 구름이 흐르고
햇살이 눈부시게 옮겨간다.
그렇게 일체의 것이 안쪽에서 시들어 간다.

결별은 항상

다시 생각할 정도의 간격밖에 없는 과거다.

다시 만날 리 없는 북北이라는 특이한 나라로

목소리가 잠길 정도로 배웅한 것은 나다.

외침 한 번 내지른 적 없는 창문이

이전보다 더 소리를 끊고 잠잠해져 있다.

아니 오히려 몸을 내밀고

환호성을 올리던 바로 그 창문이기도 하다.

미래로 마침내 열리지도 않은 채로

창문은 그저 날려서 떨어지는 나무들을 바라보고 있다.

그럼에도 창문은 안쪽에 틀어박혀 있는 것을 사랑한다.

투명하게 막혀 있는 가운데

사태의 추이를 그저 경쟁하는 창문으로 바라보고 있다.

도호쿠도 후쿠시마도

물론 멀리서 바라보는 건너편이다.

창문은 안에서 걸려 있는 빗장이다.

목소리가 쓰러진다

가을도 바래는 원자력발전소 재해 지역에 비가 쏟아진다.
황폐해진 전답에 무수한 채찍을 억수같이 때리며
널찍하게 펼쳐진 전망을 흐리게 한다.
언제 가래로 일굴지 알 수 없는 논과 채소밭,
이방인인 내 등을 때리면서 흘러 떨어지는 비,
오늘은 젖지 않아도 좋을 빗속에서
뒹굴고 있다.
이 원자력발전소 재해 지역과 함께 하며
내가 자고 있다.

표면을 달려 빠져나가는 소리
무언가에 독촉을 받고 있는 것인지
지르는 외침이 들리지 않고 보인다.
진눈깨비 섞인 빗속에서
흡사 생명체처럼 사라져 버리는 것.
그 소리가 쓰러지는 것이 보인다.
이렇다 할 일도 일어나지 않고
비탄이 아련히 덮이고 있다.

버린 신화도

적당한 안전도

토사를 덮은 마른풀에 썩지 않고

논두렁 괸 물에 가볍게 떠 있다.

재가동을 향한 또 다른 보장도

논밭을 흐르는 물의 질리지도 않는 여전한 만남이

오늘 그 사람의 정주 할 수 없는

후타바双葉, 오쿠마大熊, 나미에浪江를 드러내고

눈에 보이는 것 모두 물에 잠기어 황야로 퍼져 간다.

밤의 깊이를 함께

저는 보았어요.
노아의 홍수를 현재까지도 보았어요.
불안을 마구 잡아뗐던 사람들의
상정 밖 재난이 얼마나 처절하고
얼마나 넓게 예상된 불안이었는지를
차분히 보았어요.

천재天災는 삶을 짓누른다 해도
재앙은 사람들의 말마저도 낚아채갔습니다.
잔해의 틈에 침묵을 채워넣고
쓸쓸한 정적이 다만
사나운 큰 파도 뒤 황폐함을 적시고 있습니다.

저는 보았어요.
사라진 말이
바람에 휘어져 발버둥치는 것을 보았어요.
신들이 숨겨온 천외의 불을
편리함으로 바꾼 지혜의 교만함을,

낮마저도 속이는 불야성의
언제 끝날지 모르는 허식의 낭비를,
그 문명의 공포를 모르는 퇴폐를.
결국 지구가 몸부림쳤어요.
신들의 깊은 한숨에 물가가 휘어져
밑에서부터 높아진 바다가 파도 산이 돼
단숨에 열도의 배면을 때린 겁니다.

저는 보았어요.
웅크리며 꾸는 꿈을 보았어요.
인간 본연의 소박함으로 되돌아간
꿈속의 꿈을 꾸었어요.
지혜가 멀리 미치지 않는 것은 모두
신들 내부의 것입니다.
살아 있는 것은 모두
영지를 분별하며 살고 있습니다.
서로 이웃해서 살 수 없다면
그것은 애초부터 거기에 있어서는 안 되는 것입니다.
본래 어두운 곳은 신들의 영역이었습니다.
밤의 깊이를 쫓아낸 보복을
우리는 지금 받고 있는 중입니다.
결코 원자력의 푸른 불에

미래가 있어서는 안 됩니다.

저는 보았어요.
서로 부르자마자 찢긴 사람들의
텅 빈 마음의 구멍을,
구멍 깊은 곳의 어두운 늪을 보았어요.
웅덩이는 무디고,
방사능을 가득 채우고 가라앉아 있었습니다.
맑게 하려 해도 할 수 있을 리 없는
물의 앙화를 그곳에서 보았어요.
한들한들 그림자뿐인 제가 흔들리며
바라볼 뿐인 저를 제가 응시하고 있었습니다.
보이지 않는 채로 더럽혀 지는
안구 그곳의 초록색 녹을.

후기

　세월과 함께 기억도 희미해지고 관심에서 멀어지는 것은 인간 세상에 흔히 있는 일이다. 그만큼 무언가 바로잡고 싶은 것이 있다면, 그 유래를 기억하고 그에 대한 관심을 지속해 나가는 것은 그 자체로 바로잡고 싶은 것을 향한 투쟁이기도 하다. 하지만 이는 용이한 일이 아니다. 의지를 관철할 정도로 자신을 몰아세우지 않으면 기억도 관심도 엷어져 갈 뿐이다. 사람의 온갖 지혜를 다해 만든 원자력발전까지도 파탄시킨 대재해조차도 세월이 변해감에 따라서 기억이 표백돼 가고 있다.

　이 시집 「「마르다」에 부쳐」에 쓴 것처럼 노아의 홍수를 연상시키는 동일본대지진은 그 자체로, 현대시라 불린 일본 시의 상태에도 파국을 안겼다. 관념적인 사념의 언어, 타자와는 철저히 포개지지 않는, 극히 사적인 자기 내부의 언어, 그렇게 시가 쓰이는 내력이 근저에서부터 뒤집혔음을 실감하게 됐다.

　어떠한 대지진이라 해도 자연재해로 향토마저 빼앗기지는 않는다. 머지않아 사람이 정주하기 때문이다. 이웃해 살아갈 수 없다면 그것은 애초부터 거기에 있어서는 안 되는 것이다. 결코 원자력의 푸른 불에 미래가 있어서는 안 된다.

홀로 발버둥쳐서라도 후쿠시마 원자력발전소 파탄이라는 사태를 놓지 않으려고 해가 저물어 갈 때마다, 신년이 밝을 때마다, 매번 자신에게 그것을 되돌리듯이 마주 할 언어를 늘어놓았다. 늘 같은 지점에서 다시 생각하며 발을 동동 구르며 분해하는 나였고, 결국에는 푸념을 반복한 것 같다는 느낌도 들어서 어쩐지 꺼림칙한 기분이 드는 나이기도 하다.

하지만 실제로는 매일 희미해져가는 관심과 기억이 다 사라지기 전에, 변화해가는 과정의 일단을 차분히 남기려 마음먹었던 것이 속내였다. 방사능 오염이라는 통상적인 생활에서는 맞닥뜨릴 일 없는 인공적인 재앙에 쫓긴 사람들의 분노와 곤혹스러움의 밑바닥에서 빚어진 인간적인 슬픔을 내 것으로 삼겠노라 진심으로 바랐던 것이다. 마음먹은 것에 비해 절반밖에 안 되는 시집이지만 내 집념이 시든 것은 아니다. 인간의 마음을 참말로 얽을 수 있는 시가, 쓰고 싶다.

올해 3월은 뜻밖에 빨리 찾아온 듯한 느낌이 든다. 동일본대지진 7주년 기념일인 '11일'을 끼고 있는 달이기도 하다. 원자력발전소 파탄이라고 하는 인공적인 재앙도 더해져서 대재해를 불러온, 동일본대지진을 새삼스레 상기하는 작은 자명종이 될 요량으로, 벼락치기 출판을 가와데쇼보신샤河出書房新社 아베 하루마사阿部晴政 편집장에게 부탁한

결과, 두 번의 답장 만에 승낙해주었다. 그렇지 않아도 출판 사정이 엄혹한 가운데 팔리지 않으리라 예측되는 시집 출판을 가능하게 해준 가와데쇼보신샤는 잘 알려진 노포 출판사다. 그런 사실은 내 시집을 둘러싼 평가보다도 출판계의 사건으로 기억될 것이다. 자세를 바로잡고 감사의 마음을 품고 있는 저입니다.

비상식적이라고 할 수 있는 벼락치기 출판에는 사실 경위가 있다. 아베 씨에게 연결해준 편집자가 저와 아베 씨의 오랜 인연을 잘 알았기에 가능했던 출판이다. 그것 또한 함께 기록해두고 싶다.

무카이 도루向井徹라는 마음씨가 상냥한 지인이 바로 그다. 현재 다리와 허리가 아파 어려움을 겪고 있는 작가 양석일을 여러 모로 돕고 있는 것도 그다. 나는 그를 만날 때마다 걸핏하면 일본을 나쁘게 말하는 자신이 부끄러워진다. 실은 일본인은 상냥하다.

그런 그가 중개를 해준 가와데쇼보신샤의 아베 하루마사 씨는 놀랍게도 35, 36년도 전에 풋내기인 저를 꽤나 밀어준 도서 관련 신문에서 활약했던 기예의 편집자였다. 속세의 묘미라고 해야 할지, 인생의 인연이 주는 신묘함에 저절로 손이 마음속에서 합쳐진다.

바라보니 세계는 현재 '원자력' 문제를 수습하려는 국면에 있다는 생각이 강하게 든다. 작년 7월, 핵병기금지조약이 유엔에서 채택되었으나 아베 정권은 그 교섭에조차 참가하지 않았고, 노벨평화상을 수상한 '핵병기폐절국제 캠페인ICAN' 사무국장이 방일했을 때도 수상은 만나려고조차 하지 않았다. 그뿐만 아니라 이번 2월, 트럼프 미국 대통령은 비핵공격에 대한 보복에도 핵무기를 쓸 수 있다고 하며「핵태세 검토보고서NPR」를 발표했다. 이를 "높게 평가한다"고 전적으로 찬성하는 의견을 표명한 것은 세계 유일의 피폭국인 일본의 고노 다로河野太郎 외무대신이다. 원자력발전을 밀고 나가는 것은 현 정권과 정권 여당의 이러한 사람들이다.

일부러 언급할 필요도 없이 원자력발전 에너지 문제는 이미 인류적 관심사이며 세계적 과제이기도 하다. 나도 이 문제에 애착을 품고 쓴 작품을 골라 시집으로 내게 됐다. 마음을 같이 한다, 아니 마음을 함께 하고 싶은 사람들 사이에 다다를 수 있기를 간원한다.

두 손 모아

2018년 3월 3일

김시종

습유집
拾遺集

오사카항

내가 조선으로 돌아가려면
산맥을 넘어야만 한다.
일본의 바로 뒤쪽 꼬리뼈부터
조용히 방출돼야만
돌아갈 수 있다.
향유고래의
아가미여 잘 부탁해
완전히 삼킨 오사카항이
배설물만을 거듭하며
내 귀국을 대신하게 한다.
말도 안 되는 짓이야!
나는 이 항구로부터
고향을 더듬어 찾아간 사람을 알지 못한다.
우선 이 항구의 속삭임을 알지 못한다.
10만 톤 유조선 내부 깊이 흡인 파이프를 처넣고
원유를 흡수하는 강한 욕망의 굉음을 알 뿐이다.
터무니없는 위장 속에서
나는 생각한다.

실어증에 걸린 내가

말을 되돌려 받을 날을.

아득히 먼 쓰시마 난류를 지나친 배가

오사카항과 코끝을 맞대는 날.

내 일본과의 대화가 태어날지도 모른다.

백 년 동안 갇혀 있던 남자가

인간을 향해 열린 어느 날

항구를 위해

처음으로 눈물을 적시는 우정을 알게 될지도 모른다.

메마른 시간을 서성이는 것

부쳐져
시간이 마른다.
화려한 거리를
왕래하는
어깨에.

생활만은
남겨져 버려
나날이 하늘에 이른다.
침상만이.

바벨탑이란
유사 이전의 것이 아니다.
팔락이며
흐린 햇살에 드러난 시트가 있다.

그것은
마르는 일 없이 숨이 콱콱 막히는

피의
염서에 뒤틀려져 보이지 않는 나라.
부쳐져
시각의 밖을 전면에 까는
풀숲에서 풍기는
겨울.

징글 벨도
경기가 좋아야
숨을 돌리지도 못하고
산출되어야만
냅다 치고만 있잖아.
구세군의 심벌즈는.

시간이 지나
또다시 계절만이 찾아온다.
얼어붙은 동전의
자선냄비 손에 들고
메마른 자비가 길모퉁이를 차지한다.

행하는 손끝이 쥔 것.
파출소 모조품에 우두커니 서서

골목 안의

사회복지.

井자형 하늘 끝에

턱을 직각으로 쑥 내밀고.

엽총

가늠쇠에
모국母國을 얹은
그는
이미
자신의
임종이
다가옴을 알고 있다.
사실
그 궁상스러운 상은
지형에 접했던
총의 가늠좌가
정할 수 없는
조준에
망설인 것은
짐작되는 것이다.
검붉게 탄
산 표면과
빈모질貧毛質

들판에 잠재해 있는

황량한 느낌을

해병은

샤이엔* 영역에라도 마구 들어간 듯한

흥분 속에서

받아들이고 있는 것이다

확실히

120년 전 피가 난무한 소동이 있다.

포개지며 쌓아올린

아스팔트 정글에

토막 난

프론티어 정신이

1만 킬로의 파도를 일으켜서

이제야 겨우

대서부大西部의

만족할 수 없는 환영 속에서

격철擊鐵을 일으킨다.

아무리 해도

진위를 판단할 수 없다.

그의 이미지에

---

* 아메리칸 인디언의 한 부족. 과거에는 백인에 대하여 격렬하게 대항
하였다. 현재 대다수가 몬태나·오클라호마주에 거주한다.

흰 치아의

열을 지은 무리는

분노의 미명未明에만 얽혀 있다.

그것도

나이를 먹은

소앤틸리스제도* 사람의

녹새치에 군집하는

청상아리의 이빨이다!

흰 경질 유리를 거꾸로 세운 듯한

치아 병풍에 둘러싸여

신기하게도

인간은

흑인만이

그 극명한

존재가 된다.

총의 가늠자를 통해서

사냥감이

가늠쇠에 걸렸을 때

맑은

---

*   앤틸리스제도(Antilles)는 카리브해의 서인도제도의 섬 중 루케이언
제도를 제외한 섬을 말한다. 북쪽의 큰 섬들로 이루어진 대앤틸리스
제도와 동쪽의 작은 섬들로 이루어진 소앤틸리스제도로 나뉜다.

그의

응시 안에서는

이미

이변 따위

바랄 수 없다.

들개!

즉시 몸을 날린

해병이

몸부림치는

논길을

사타구니에 비틀어 엎어누른 채로

괴로운 나머지 기절시킨 것은

실로

순간의 일이었다.

숙달된

해병의

사냥감은

꼭 승냥이여야만 한다.

이 흥분은

로스앤젤레스를

떠날 때부터였다.

무언가에 씌인 것처럼

산 표면을 뛰어 다니는

아픔이

백귀야행百鬼夜行의

미개지로 향하여 갈 때,

반드시

주류지에는

야생 짐승이 있어야만 하고

아파치와

샤이엔에 섞여서

개척을 시중드는

수족도 있어야만 한다.

하지만

흑인과의 동거만은 안 된다!

특히 메레디스*는 안 된다!

확산된

초점이

이윽고 망원 초점 안에서

앉은 자세를 바로 잡는다.

드러나게 되는

---

* 　제임스 하워드 메레디스(James Howard Meredit). 미국의 인종 차별
　에 저항한 흑인으로, 1962년에 흑인 최초로 미시시피대학에 입학했
　다. 이 사건은 인권운동의 분수령이 됐다.

고독.

진심으로

들개로 표변한

동포를 본다.

치아를 만든 자들이

어느 사이에

근거지를 쌓고 말았다.

기묘하게도

인간은 모두 잃고

그저 한 사람의

메레디스 군만이 동포가 된다.

그는

지그시

F·N이연발총의 불편함에 떨었다.

작열하는

산탄의 사정거리 안에

어금니와 함께

형제를 둘 수는 없다!

어찌하여

모국에 관여했던 나날의

멀어진 거리에

자신이 있는가.

굳어진 웃음이
길게 늘어진
논두렁 앞에
대숲에 몸을 날렸다.
일제히
죽순대가 흔들리고
메마른 들판에
서리를 가르는 바람이
산울림이 돼
우르르
건넜다.
해병의
착각이 아니다.
남조선 그 자체가
그들의 사냥터다.
주의 깊게
소총 총구가 얼굴을 내밀며 들여다본다.
마른풀이
엉키고
소용돌이치는 바람에
엎드린
여자의

목면 치마가

팔락이며 울렸다.

믿을 수 없다.

임신부다.

아니

임신한

개다.

거듭

사체를 반쯤 쓰러뜨린

군화가

그들의 경건한 전통에 따라서

성호를 그었다.

신이시여.

바짝 말라 버린 땅에는

역시

들개만을

살게 해야 합니다.

그렇죠.

저는 개를 쏘았습니다.

흰 개를

쏘았습니다.

야채의

그루터기를

베어 먹으니

확실히

개가 아니면

살 수 없는 나라다.

분발한 총부리가

벗어나듯이

뒷걸음쳤다.

자못 불복하듯이

집요한 눈빛을

미간에 자리하고

사냥을 잊은

노인의

강건한 침묵에

잠시 멈춰 선다.

총강銃腔*은

모국을 포기했다.

사내의

나락과 닮아있다.

탄소로 구워낸

---

*   총에서 약실로부터 총구 끝까지의 총열 내부.

니켈 크롬강의

차가운 촉감에

나사 모양 홈은

알 수 없을 정도로

깊다.

나는 쏘지 않는다.

아니 쏠 수 없다.

불행은

오히려

카리브족의 비애에 몸을 너무 내맡긴

자신의 이방인에 있다.

미명.

더 할 수 없이

타오르는 섬을 사랑한

아바나*의 사내가

죽었다.

공허한 동공을

미간에

에이고

카리브해 상공에

★   쿠바의 수도.

투영되는

아이도포르*의

본거지를

거절했다.

이미

미국에

서부는 없다.

바보 같은

두뇌와 의지로 투하되는

자본이 만드는

밤의 영상이 있을 뿐이다.

쿠바의

종이 울린다.

누구를 위해 울리는 종일까는

아뜩해지는

아침

빛의

증표다!

---

*   텔레비전 화상을 대형 스크린에 확대 투사하는 장치.

8월을 살아간다

축복받지 못하는
나라에서
8월을 살아간다.
가뭄이 한창인
논두렁
벼처럼
입고병의
균열로
작은 거북이가 엎드려 긴다.
서쪽으로부터
계절풍은
열기만을
들이고
약속된
쾌청에
레저 붐을
부채질한다.
이미

굴욕은 치욕이 아니고

해방은

승리의

산물이 아니다.

있는 것은

선글라스와

열기다.

옥화은 沮化銀의

흑운을

불러일으켜

일본 자본의

높은 지성이

이 땅을 윤택하게 할 것이라고

남자는 말한다.

종일

뇌리 깊은 곳에서

적토가

날아오른다.

완전히

자기의

중량이 깨진

흙먼지가

젤리 상태로

깊숙이

남조선을

뒤덮고 있다.

그 안을

철로 된

무한궤도가

부수고

종횡무진으로

지프와

캐딜락이

질주한다.

미스터 박.

이 가뭄이야말로

YOU가

공룡이 될 수 있는

기초다.

한눈에

군사경계선을

흘겨보고

오대산 대지

흙먼지 속에서

눈부신 듯
색안경을 닦는
사람이여.
명맥이
종언하는 것에 떨고 있는
공룡과
그 공룡을
꿈꾸는
작은 남자와
시선이 얽혀서
조국의
단층은
유사 이전
풀고사리처럼
우거져 있다.
손을 걸지 않아도
방울져 떨어지는
초록이
뿌리채 뽑혔다.
이
고갈된
영광 속에서

지배자가
지배하는 사람을
내세워
강우를 불러온다는
과거
지배자에게
인공강우
주문을
소리 높여 부르게 하고 있다.
본래
이 땅에
8월이 해방의
달이었던
적은 없었다.
장마는
길고
7월 중순에
홍수를
돌려
메워진
진흙이
바짝 말라갈 즈음.

8월은

무수히

금이 간

균열로

동포를

집어넣고

급속히

결실이 없는

가을을

밀어 올리고 있다.

승화한

가스

불꽃처럼

햇볕 속으로

일본은

발을 들여놓아서는 안 된다.

취우를

기다리지 않더라도

땅속이

불을 뿜을

때가 있다.

도멘東綿, 니치멘日綿,

미쓰이물산三井物産, 스미토모상사住友商事

이토츄伊藤忠, 마루베니丸紅, 가네마쓰兼松, 초리蝶理*

여름 더위를 거절한

대형 유리

안에서

반쯤 잠든

몸차림도 가볍고

마음을 쓰는 듯이

초토의 피폐함을

헤아리고 있던

이웃.

이 땅에

구름 따위를

부를 수 있을 것 같지 않다.

평년보다

1.6배나

보너스를 얻어

2박 3일

바캉스를

짜고 있는

---

*   한일회담을 배경으로 한국에 대대적으로 자본을 투자하고 있는 일
     본의 유력 기업들을 나열한 것이다.

노동조합 간부가
녹색
유리창을 통해
사흘 앞의
기압 배치를
살피고 있다.
건물 옥상에서
조망하는
거리의
이 얼마나
평온한
평화로운
여름인가.
축복이 필요없는
나라에서
8월을
우리가
살아간다.

바다의 기아

대도회의
소화기관 앞에서
당신과 내가
대치하고 있다.
―― 그건 이미
　내 의지가 아니다.

빨려 들어가는 측인
나와
뱉어내는 측인
당신과의 만남이
어찌 이렇게 고통으로 일그러지는가?
―― 그 사이에도 당신은 과감히 역류를
　두 번이나 해치웠다.

하나의 움막 안에서
변비의 생활이 교착을 어찌 할 수 없을 때.
그대로 드러난 채로의 내장이

소리를 내며

구토를 시작한다.

── 당신의 결사적인 탈환이

　맷돌 정도의 골반을 휘두르며 정점에 달한다.

급속하게 벌어져 가는

동족 간의 결합점.

가해자에 가담했던 무력한 목격자가 떠는 것은

정확히 이 거리에서다.

── 당신은 닫혀가는 문에 매달려서

　"돌려줘─ 돌려줘─"하고 외친다.

자아, 이것이 내 내장이다.

흩어진 흰쌀 위에

팽개쳐진 고무장화.

우뚝 선 구두. 꽂힌 우산, 우산……

발돋움하는 목격자인 내가 흐물흐물 짓밟혀서

끝없는 양극을 돌아다니기 시작한다.

── 나는 누구에게, 무엇을, 외치면 좋을 것인가!?

빠른 디젤차를 가져도

전차가 바다를 돌파했다는 뉴스를

나는 아직 듣지 못했다.
다만 진창의 기아가 꿈꾸는
망망한 바다로의 발아가
차창을 스쳐가며 쭉쭉 뻗어간다.
그건 확실히
바다다.

샤릿코*

예전에는 구리 철사빨간 물질를 먹었다.

지금은 알루미늄흰 물질을 먹는다.

먹고

산다.

산다.

밥으로는

충분치 않아서

동전을 먹는다.

먹-는다.

위세 좋게 뻐기는 것은 아니다.

정성껏

안쪽 잇몸을 오가며

시큼한 침이

엿이 될 때까지

굴려서 넘긴다.

으드득

---

*　샤릿코는 흰쌀의 은어인 '샤리'로부터 김시종 시인이 만들어낸 조어
이다.

획획

으드득

획획

꿀꺽

스읍

엿이 늘어나

내려간다

스으

읍하고

괴인다.

내 몸은

돈으로

한가득.

머지않아

머리까지

가득 찰 것이다.

그로 인해

몸은

돈 그 자체.

돈마저

생계

그 자체.

밥알

밥알

옆으로 흔들어도

밥알

땅바닥에 구부려도

밥알

전후좌우가

밥알

밥알.

딸랑

하고

방울은

언제 울리나?

아직.

아직.

너의 너가

너를

낳고

아버지가 죽어

굳어져

네 엄니가

겹쳐져

우리가
하나의
산이 되었을 때.
누군가가 파서
말하는가.

아.
이건
알루미늄
산이다.

금으로 한다.
금으로 한다.
난
은이야.
하루 벌이는
석 장.

갖고 있기 좋은 것은
돈이지.
일부러 바꾼
삼백 개.

부모 자식 넷이서

으드득

휙휙

으드득

휙휙

엄마.

난 부드러운 게 좋아.

갖고 싶어.

갖고 싶어.

글쎄.

그건 안 돼.

배춧잎은

더러워져 있으니.

이 세상에서

가장

지저분한 것.

싫어.

그러니까

난

돈이 될 거야!

그래서

아들

그 값을

쫓겠어.

거기에 다다를 것 같아서

쫓을 수 있을 것 같아서

열중한 몸이

주석으로 변한다.

그것이

나의?!

구두를 주는

남자에게는

딸.

딸.

현재 지금까지

가 버린다.

나이를 들어

번 돈이

사라져서

머리만이

띵띵 부어

밥알

밥알

우물우물만 해서는

넘어가지 않아.
사십 년을 넘기는
변비에
아내는 지금도
쭈그리고 있어요.
할머니
아직이야?
아니
이제 나올 거야.
나올 거야.
화석이 되고 있는
어머니를
누르며
아내는
지그시
참고 있다.
밥통에서
뻑뻑하게
반죽된 것이
대장을 지나
똥구멍을 빠져 나올 때.
황금이 됩니다.

분명히 됩니다.
아내는
믿고
기다리고 있다.
나오고말고.
나오고말고.
폐갱이
아니야.
아직 누구도
파지 않은
구멍이
아직
아니야.

부부끼리
새까맣게
드러
눕는다.

구멍

건너편 강가가

노랗게 변하자

사내는

반사적으로

왼쪽으로 이동했다.

엇갈리는 찰나에

시영市營 전차가

스파크를 튕기며

앞쪽은

푸른색으로 바뀌었지만

갑자기

사내는 사라졌다.

세이프티존安全地帶을 내려간

사내의

또 다른 이유는

아마도

나와

표리 관계일 것이다.

기다리다 완전히 지친

자가

발길을 돌린다.

저기다.

가로등

남은 등불에 비쳐

손이

꿈실거린다.

그가

필사적이라면

맨홀의

뚜껑을 훔쳐간 놈도

필사적이었다.

막차는 하나.

사는 것의

상극을

도보로

한쪽 다리를 꺾고

나는

계산한다.

건너편 강가가

파랗게 변하고

전차가
바로 앞에서
잠시 멈춰 설 정도의
여유가
없는 한
나는
그를 돕지 않는다.
요즘 세상에서 최저의
가격.
십삼 엔으로
적어도
사 킬로 반의
거리를
나는 지금부터
가야만 한다.
어쩌면
발길을 돌렸을 때
숨을 죽이고 있던
녀석이
단숨에
이곳을 달려서 빠져나간다면 어쩔 테냐.
영원히

세이프티존에
내내 서 있는
나.
그것이야말로
구멍이다!

이빨의 조리條理

(난 쥐 공을 기르고 있다.)

이건 비밀이네만.

둥그런 유리

용기에 넣어

땅 밑에서

놈들이 갑자기

야단법석을 떨 때야말로

난 이 놈들에게

향응을 더 분발해 베풀었다.

아직 틈새는 있지만

머지않아 이 녀석은 살이 찌겠지.

이윽고 그 이빨이

마음껏 길어질 거야

우후후후후.

호랑이와 닮았으면서 닮지 않은

고양이 놈!

(하지만 사자마저

이제는 뉴욕에서 우리 안에서만 태어난다고 하는데 ……)

이 녀석

단 한 번이라도

잡아 온 쥐로

집의 식량을 축내지 않은 적이 있는가?!

그 사실을 눈치 챈 것은

얼마나 축복일까.

그래서

내 생활은 크게 변했다.

우선 쥐 공 무리에게

조정을 청했다.

겁내지 않도록

매일 없어지는

그만큼

제대로 된 향응을 배당할 것을

확약한다.

또한

내가 보장한 침식을

이 유리 용기에서

하도록 한다!

무사 평안한 일생.

서로 보장된

평화!

이제

고양이를 풀어놓는 시대가 아니다.

모든 것은 의논을 해서

직접 계약한다.

그 잉여로

그대는 이빨을 기른다.

고양이는 배가 골아

본성에 눈을 뜨고

나는 천천히

협약에 따른 보복을 마음껏 즐긴다.

용기는

둥글다.

배당받는 녀석은

도망갈 길이 없다.

나는 갉아먹는다.

둥근 지구의

표피를 갉아먹는다.

(삼십 년 갚아먹어서

내 치아는 아직도 일 센티 될까 말까!)

이 자신감.

용기는 둥글다.

지구가 둥글다.

사육되는 것은

이 몸이 아니올시다.

그대다.

그대다.

나는 쥐 공을 기르고 있다.

쥐 공이

용기 안에서 돌고 있다.

돌고 있다.

대기권 밖은커녕

대기권 안에서

내 용기 안에서 돌고 있다.

나는 서 있을 뿐이다.

나는 보고 있을 뿐이다.

우리 사이에는

'협약'이 체결되지 않은 만큼

아직 그대가 들어갈 용기가

닫히지 않았을 뿐이다.

도저히 당해낼 수 없다.

도저히 당해낼 수 없다.

　(지구가 너를 사육하고 있다.

　이건 절대 지켜야 할 비밀 이야기다.)

개를 먹는다

비오는 날에
개를 먹었다.
벗겨낸 눈알 채로
껍질을 벗긴 목을
비틀어 떼고
울상인 아내를 재촉해서
내깔기고
사등분한
몸통을 요리했다.
조선인 상대의 푸줏간이
니시나리西成 변두리에서 일부러 가져온
영양원.
아내가 도망친
친구와 둘러 앉아
환갑을 넘어서도
여전히 건강한
그의 아버지를 모시고 쩝쩝대며 먹는다.

개는 동족의 **뼈**를 먹지 않는다고 하던데

정말일까요?

그럼. 영리하다니까. 입에 물고 가서 뼈를 묻어주잖아.

거센 바람

입에 물고 있던 것을 기와지붕에 버렸다.

왁자한 빗속에서

뼈는 씻기고 맞고

물받이에서 넘친 물이

반대로

줄줄 뒤편의 수챗물로 떨어지는 것을 봤다.

태풍 접근을 보도하는 날.

개를 먹지 않는 개를

우리가 먹었다.

비와 무덤과 가을과 어머니와
아버지, 이 정적은 당신의 것입니다

땅을 살 돈이 없어서
공동묘지에
묻었다.
아내여.
무덤이 젖는다.
무덤이.
아버지의.

집은 늘어서도
옴폭옴폭
어머니는
그 안에 눕는다.

살아 있는
미라.
오 이 나라남조선는
그 얼마나
멀리까지 내다보이는

무연고 무덤인가.

어머니여.
산이 부옇게 흐리다.
바다가 부옇게 흐리다.
그 아득한
너머가
들판입니다.

카멜레온, 소리를 내다

나는 시간을 홉으로 잰다.

마대자루와 같은 몸통에서

어제와 오늘의

잊힌 날들을 하나하나 부르고 살 수는 없다.

여자만 해도 한 다발은 있었다.

그것도 중량으로만 친다면

방출한 정액은 몇 홉 몇 합이라 해야 할 것이다.

정확히 말해

내 과거는 몇 말 정도일까?

퍼내지 못한 채로 방치된

공동변소처럼

종종색색의 기억이

이 좁은 두개골 안에 군웅할거 한다.

일국一國 일성一城의 주인만 가득한 가운데

내 중심이 제대로 추축抽軸을 통과할 리 없다.

내가 완고할 정도로

어떤 하나의 자존심에 집착하는 것은

내 뇌수의 내부가 그렇기 때문이다.

만약 그것을 저울에 달아본다면

보잘것없는 두부의 집합은

원자핵의 그것보다 무거울 것이다.

융통성이 없어도 심하게 없다.

하지만 나는 그것으로 이 길에서 천재가 되기도 했다.

아무런 모순도 느끼지 않기는커녕

조금의 고통도 없이

전혀 다른 곡예를 동시에 해치운다.

나는 청교도이며

수욕주의자獸慾主義者이다.

베아트리체*를 사랑하면서

스트립쇼를 하는 여자 배꼽의 넘실거림에 또 다른 가슴
이 탄생한다.

나는 공산주의이며

자본주의자다.

무리해서 "자본론" 등을 장식했지만

여전히 돈 버는 방법을 차분히 음미한 적은 없다.

적어도 아카하타赤旗** 방식의 직분으로

백주에 당당히 권총 두 자루를 허리춤에 늘어뜨리고

술집에 죽치고

---

*   단테가 사랑하여 이상화한 여성.
**   일본공산당의 중앙기관지.

은막을 뚫어서 막힌 속을 뚫는다.

게다가 내 취미의 범위는 넓다.

눈이 핑핑 돌 정도의 노동을 하며 나는 소음을 좋아하는
동시에

우아한 적막을 필요로 한다.

그걸 위해서라면 없는 돈을 몽땅 털어서까지

남 못지않은 문화인이 된다.

기름기 없는 위장이라도

커피는 블랙으로 마셔야 한다.

그리고 서서히

첫 몇 소절만으로도 족할

엘피*를 소망한다.

가늘게 뜬 눈에

걱정 없는 동포의 모습이 비추면

그 순간 버릇없는 조선인이 싫어진다.

난 뛰쳐나온다.

행상 할머니와 만난다.

난 화가 난다.

넝마주이 할아버지와 엇갈린다.

나는 의분을 느낀다.

---

*　LP판.

내 걸음은 빨라지고

옷깃 언저리부터 차츰 붉게 물들어 간다.

그리고 난 인민공화국 공민으로서 으스댄다.

미국을 싫어하는

한국을 싫어하는

이승만을 싫어하는

민단을 싫어하는

일본을 싫어하는

이로써 마침내 제대로 된 민족주의자가 된 셈.

○

이런 내게

회의에서 통지서가 날아들었다.

　〈우리는 로봇 일족을 대표하는

　조선총련의 집행위원이기도 하다〉

집사람에게 시간을 묻자

오전이라고도 오후라고도 했다.

난 몹시 성가신 채로

늘 하던 습관대로 그저 밥통胃에 의지해 나갔다.

회장에는 상임위원 등의 높으신 분들이

슬로건을 내거는 것에 여념이 없었지만

　"아마 오후 2시겠죠"

라는 이야기.

"몇 시부터 하는 회의입니까?"

"통지해드린 대로 오전 열 시부터입니다.

　다만 이 시계는 멈춰있지요"

○

조선총련 시계는

아홉시였다.

멈춘 시계 아래에서

나는 생각했다.

오후 두시가 되면

뱃속은 텅텅 빈다.

우선 이 식탐에 가득 찬 밥통님께서 용서치 않으신다.

난 배를 어루만지며, 어루만지며

일어섰다.

움직이지 않는 시계 아래에서

오후 두시가 되기를 기다리기 위해.

오사카 풍토기 사진시

하나의 노래

헤맨 것은 아니다.
밑에서 올라온 그가
바다를 바라듯이
나는 그와 바란 것이다.

훨씬 전부터
여기서 만나는 것이
누구일지도 알고 있었던
잉태된 자신의 아이에게
언제나 하나의 사실을 말해 왔으므로
그곳에 가면
배가 있다.
그곳에 당도하면
배가 떠난다.

하지만 임신한 나는 움직이지 않는다.
짚이 말라
덮여 있던 길이

드러나도
봄 수풀의 산욕産褥에
내 산월은 못 박힌다.

그리고 그 때마다
하나의 모험을 훈계한다.
머지않아 그가 온다.
저벅저벅
뭍을 기어서 온다.
그러자…….

고깃배의 불

밝지 않는
하나의 아침에.
강하게
살아 있는
이 불씨를
알고 있나?
연말에 팔기 시작하는 추첨에
성냥을 받은
주인아주머니가
타고 남은
당먹에
불을 붙였다.
사람이 일어나지 못하는
골목골목에서
홀로 흔들리는
업화業火.
근기 없는
풍로가

우연히 하나
울화통을 털어놓는다 해도
그것은 방화라고 해야 할
범죄는 아니다.
새벽 충천沖天을 태우는
불꽃을 상상해보자!
용마루 긴 집이 타고 재가 되지 않을 정도로
자네에게 쉽게
알려질 테지.

하구

정통한 사람에 의하면
웃음은
역시
상류 연예演藝라고 한다.
두 손을 비벼대면서
—— 안 되겠어……
하고 주판을 튕기면서
자랑인 하천에서
말뚝은 썩어도
먹고 살기 위해서는
8층까지도
접시를 쌓아 올린다.
그것이 보통의
오사카다

○

진수進水 경축!
이라고 했지만

이런, 그건 텅 빈 유조선이잖아.

라고 말했다

여기서부터 도심까지는

족히 1,000킬로는 남았다.

그들은 머지않아

억 톤 급의 유조선을 만들어서

선복 한 가득

계산서마다

접시

와

비비는 두 손

과

때가 낀

웃음과

쉰 목소리

나니와부시*

를

기즈가와**의

입구에서

내팽개치겠지!

---

* 浪花節. 샤미센을 반주로, 주로 의리나 인정을 노래한 대중적인 창(唱).

** 木津川. 교토부에 있는 하천.

오사카는

그곳에서 생긴다.

형태 그대로

그 땅이 아니라면
마주 할 수 없는 외부가 있다.
서 있는 위치에 비추어 확인하면
재해 지역은 가로막힌 외부의 이변이며
그 이변은 즉
인적 재해의 후미진 내부이기도 하다.
관련이 없는 내 생존권까지
손쉽게 빼앗아 간다.

나는 처음부터 부주의했다.
굽어볼 수밖에 없는 외부의 내게
폐로는 즉
만들어진 재앙의 제거였다.
일이 터지기 전부터도
이권은 지역의 이득과 엮인 기대 자체였으며
한촌 벽지에 달라붙은
끝나지 않는 희구의 집착이었다.

풍압과 풍문과
그 땅이기에 덮쳐오는 무게가 있다.
외부 형태 그대로
물리쳐야만 하는 위치에 내가 있다.
순환하는 계절이 싹트는 계절에 씌워지듯이
그 땅의 소생도 마주 보는 내 내부여야만 한다.
그렇게 나는 그 땅이 아니면 안 됨을
자기 일과 같이 내면에 담아야만 하는
외부 사람이다.

지난 가을, 병상에서 일어나던 내게
후쿠시마산 우엉 하나를 조금 보내왔다.
은총이 푹 파내어졌다고 하기보다
후쿠시마 땅을 쭉쭉 빠져나와서 보여준
향기로운 정성을 들인 현출이었다.
외부가 아니면 서로 나눌 수 없는 사물이 현재
덮쳐오는 무게를
대지의 밑바닥에서 밀어 올리고 있다.

빛의 가시도 아랑곳하지 않는
우엉의 형태 그대로 물리치는
하나의 우엉일 수밖에 없도록

형태 그대로 재앙은
외부로서 그곳에 있어야 한다.

시론 1

시는 현실 인식의 혁명

나와 일본어

저는 일본에서 살고 있는 이른바 재일在日 정주자이기에 작품 창작도 일본어로 하고 있습니다. 하지만 일본에 살 수밖에 없었던 제 내력을 돌이켜 볼 때 창작 언어인 일본말은 제 존재성을 그대로 비추는 증거이기도 합니다. 8·15 해방으로 일본어와 절연됐을 터인 제가, 그 일본어에 다시 매달려서 살아갈 수밖에 없었던 내력이야말로 바로 제 자신이 지녀온 재일의 실존이기도 합니다.

우리는 올해 여름 8월, 이른 두 번째 해방 기념일을 막 지낸 참입니다. 이렇게도 긴 세월이 지났지만 무엇으로부터 해방된 것인지 저는 지금도 때때로 자신에게 되물어 봅니다. 기대한 바도 없는 날벼락과도 같은 '해방'과 조우하면서 감성의 샘이며, 소중히 여겨온 일본어로부터 갑자기 격절隔絶됐던 것입니다. 때문에 한때 언어 상실에 빠져 헐레벌떡 제나라 말인 조선어를 움켜쥐기는 했습니다만, 여전히 조선어가 지닌 언어의 기묘한 울림에 이러쿵저러쿵 간섭하고 있는 것은 제 소년 시절을 형성한 식민지 종주국의 언어인 바로 그 일본어입니다.

새삼스레 말할 것도 없지만 언어는 그 사람의 의식이기도 합니다. 사물을 생각하며 판단하고 분석해 다시 종합하는 것도 언어가 있기에 되는 일입니다. 제 의식의 밑바탕에는 인연이 뒤얽힌 특정한 언어인 일본어가 전면에 깔려 있습니다. 확실히 저는 식민지 통치라는 멍에로부터 72년 전에 해방되기는 했습니다. 그것이야말로 명백한 역사적 사실입니다. 하지만 자기의식의 밑바탕을 형성하고 있는 일본어에까지 결별을 고하지는 못했습니다. 그렇기는커녕 살아가기 위한 방도로 일본어를 쓰면서 옛 종주국인 일본에서 살고 있습니다. 그 일본어는 응당 검증돼야만 하는 제 존재 증명의 눈금이기도 합니다.

제가 일본에서 살아온 재일의 삶은 유려하고 정교한 일본어에 등을 돌리는 것으로부터 시작됐습니다. 정감이 과다한 일본어로부터 빠져나오는 것은 저를 키운 일본어에 대한 저의 의식적 보복입니다. 저는 빡빡한 일본어로 70년 가까이 시를 쓰며 살아왔습니다. 일본 시단의 권외에서 살아온 제가 그 동안 시를 어떻게 생각해 왔으며 자신의 시를 어떻게 살아왔는지를, 오늘의 '기조 보고'로 삼아 말씀드리겠습니다.

왜 '현대시'인가

우선 이야기의 실마리로 일본의 근현대시를 제 나름대로 요약해보겠습니다. 당연한 이야기지만 오늘날의 시를 '현대시'라 칭하고 있습니다. 오늘날이라고 말씀드리지만, 전후태평양전쟁 이후 70년이라는 세월이 흘러갔습니다. 그럼에도 여전히 현대시라고 말하고 있으니, 아주 오랜 옛 세월을 품고 있는 장르가 바로 현대시입니다. 요컨대 일본이 15년전쟁을 저지른 후 결국에는 미국과의 전쟁에서 패배한 후로부터의 시는 계속 현대시라 불려오고 있습니다. 그런 구분은 유럽과 미국에서도 똑같아서 제2차 세계대전 후에 나온 예술 전반을 현대예술, 현대문학, 현대미술 등으로 부르고 있습니다. 그런 구분 방식에는 당연히 몇백 몇천 몇만 명이나 되는 인간의 죽음대량살인을 아랑곳 안 하는 무시무시하고 저주스러운 전쟁을 향한 비판과 그런 시대를 거쳐 온 시대 비평이 깊게 뿌리내려 있습니다. 그것은 전쟁으로 질질 끌려갔던 정신주의로부터의 탈각을 지향한 자계自戒를 포함한 자기반성의 창조 행위이기도 했습니다.

여하튼 제1차, 제2차까지 벌어진 세계 대전쟁은 모름지기 기독교 신앙이 널리 퍼져 있는 유럽에서 그 신도들이 벌인 전쟁이기에 자기 성찰은 당연한 귀결점이었습니다.

특히 일본은 구제할 수 없을 정도의 정신주의에 빠졌던 행적을 안고 있는 나라입니다. 태평양전쟁 말기 일본은 죽창과 폭탄을 들고 자폭하면서 본토 결전의 결의를 하고 있었습니다. 그것은 신국神國 일본의 국체호지國體護持를 하기 위함이었습니다. 만세일계의 현인신現人神인 천황이 다스리는 나라를 '국체'라 했습니다. 1945년 7월 26일, 항복을 권고한 포츠담선언을, '국체호지'를 한다며 바로 받아들이지 않고 어물어물하다가 히로시마와 나가사키에 원자폭탄이 떨어졌습니다. 항복 권고를 바로 받아들였다면, 도쿄대공습, 이오지마, 오키나와, 히로시마, 나가사키에서의 터무니없는 대참극은 없었을 터입니다. 소련의 참전과 조선반도 북쪽의 점령도 일어나지 않았을 것이고 조선이 남북으로 분단되는 일도 당연히 없었을 겁니다. 단말마의 발버둥질인 '본토 결전'은 일본의 독특한 정신주의가 국민의 정신을 완전히 물들여 놨기에 가능한 발상이었습니다.

인류 일원으로서의 인간적 회오悔悟가 깊이 작용해서 '현대'라는 관사가 이토록 오랫동안 계속되고 있다 해도 좋을 것입니다. 지금까지의 정감을 주조로 한 심정적인 시를 정신주의의 온상이라고 판단해서, (이것은 유럽도 마찬가지입니다) 시각적·논리적 사고의 미를 추구하게 되었습니다. 시가 어떠해야 하는가에 대한 의견이나 생각은 제각각입니다만, 그래도 시 그 자체를 사랑하는 마음은 넓으며 모두가 또한 품고 있습니다. 설령 시를 쓰지 않는 사람이라 해도 시를 좋아하는 마음은 마찬가지입니다. 누군가로부터 배웠던 것도 아닌데 시에 대한 호감도는 인류의 공통된 의식처럼 널리 퍼져 있습니다. 시는 아름다운 것, 거짓 없는 것, 사람의 심정을 보듬어주고 감정을 온화하게 승화시키는 것, 좋지 않은 것 혹은 그렇게 돼서는 안 되는 편에 절대로 가담하지 않는 것이라는 신뢰가 인류에게 전승된 것처럼 계승되고 있습니다. 그 흔들림 없는 공감은 골똘히 생각해 보면 언어를 향한 끝없는 신뢰라고 말해도 좋을 것입니다. 시는 거짓 없는 언어이며, 그 언어는 사람들의 소원을 품고 있는 구제의 계시啓示이기도 하다는 기원과도 흡사한 신뢰입니다.

일본의 근대시

그렇다면 현대시 이전의 시는 어떠한 경로를 더듬어 왔던 것일까요. 일본 근대시는 기타하라 하쿠슈北原白秋, 가와지 류코川路柳紅, 미키 로후三木露風 등이 만들었습니다. 기타하라 하쿠슈는 천부적인 시적 재능이 엮어가는 탐미적 감각이 빛나는 정감의 세계를 열어서 1910년 전후 일본 시단의 중심적인 인물이 됐습니다. 기타하라보다 세 살 어린 가

와지 류코는 일본 최초의 구어 자유시그 전까지는 구어가 아니라 문어조의 정형, 음율의 시였다를 썼습니다. 구어란 글을 쓰는 언어가 아니라 말할 때 쓰는 언어이며 일상어로 정형 7·5조에 음절을 맞추는 시입니다. 요컨대 가와지 류코는 그 구어 자유시의 창작을 시도했던 겁니다. 그 시집이 잘 알려진 『길가의 꽃路傍の花』입니다. 이 시집이 나오자 일본 시단은 놀라서 충격에 빠졌습니다. 시란 정형적으로 음절을 갖추고, 문어조의 격조 높은 느낌의 글이어야 한다고 생각하고 있었기 때문입니다. 그런데 일상어인 구어로 시를 썼으니까 엄청난 충격을 받은 겁니다. 문어의 어조는 일상의 대화와는 다른 특색을 지닌 언어체계를 가리키는 용어입니다. 특히 메이지시대 이후에 표준화된 구어와 대조되는 것으로 문어의 위치가 정해졌습니다. 또한 기타하라와 자주 비교되는 미키 로후(1964년에 타계했으니 꽤나 장수를 했습니다)는 명상적이며 탐미적인 상징시를 확립했는데, 그것은 문어와 구어 모두를 병용한 정형시였습니다. 서정시로 사람들이 자주 읊는 「고추잠자리赤とんぼ」도 미키의 시입니다. 널리 애창되고 있는 서정시나 초등학교 창가와 같은 노래 대부분은 문어로 가사가 적혀 있습니다. 그 노래를 듣거나 부르기만 해도 여전히 눈가가 촉촉해지는 「으스름달밤おぼろ月夜」 등이 그렇습니다. 「저녁 하늘 개어서夕空晴れて」 등도 모두 문어조 가사입니다. 격조마저 느껴지는 가사로, 시라는 형태를 띠

고 있지만 사람들에게 대단히 친숙한 정형시입니다. 그러한 형식의 시로부터 일상 구어조로 시가 옮겨갔다는 사실은 생각해 보면 정말 엄청난 일입니다.

그런 문어체시의 전통을 계승하며 구어 자유시를 완성시켜 시의 근대를 확립한 시인이 바로 다카무라 고타로高村光太郎입니다. 이것은 제가 판단한 것이 아니라 근대시의 정설이 대략 그렇습니다. 그의 첫 시집 『도정道程』은 기념비적인 시집이며 다카무라는 문어와 정형율을 거부하고서 구어로 내재율연이은 구어가 안고 있는 음조율, 그 내재율에 의한 리듬, 음악성을 중시해서 삶生을 향한 찬가를 이상주의적으로 읊었습니다. 잘 알려진 그의 시집으로 정신에 이상이 생긴 사랑하는 아내 지에코智惠子를 향한 사랑을 쓴 『지에코쇼智惠子抄』가 있습니다. 이 시집이 또한 근대시의 기념비라 일컬어지고 있습니다.

구어 자유시의 진정한 완성자로, 그것을 정점으로 끌어올린 시인은 잘 알려진 것처럼 하기와라 사쿠타로荻原朔太郎입니다. 병적이라고 할 정도의 예민한 감각과 괴이한 환상이 얽혀서 만들어내는 심상풍경을 그린 『달에 짖다月に吠える』1917나, 내재율을 지닌 일상 구어로 표현한 『푸른 고양이青猫』는 그 시대 시단에 다대한 영향을 미쳤습니다. 영향을 미쳤다고 하는 말로는 부족합니다. 하기와라 사쿠타로는 실로 오늘날 회자되는 '현대시'에 다리를 놓은 시인입

니다. 문어로부터 구어로의 이행이 얼마나 큰 변화였는가를 말씀드리자면, 잘 알려진 시로 요사노 아키코与謝野晶子가 남동생에게 지어준 유명한 단카短歌가 있습니다. 반전시로 불리는 단카입니다. 러일전쟁에 출정한 남동생을 생각하며 '그대, 무슨 일이 있더라도 죽지마오' 하고 문어체로 노래하면 격조 높이 울리는 것만이 아니라 자못 시적입니다. 그것을 구어체로 바꾸면 '너 죽으면 안 돼' 정도가 됩니다. 이렇게 해서는 도저히 시 같지가 않습니다. 요컨대 문어체는 음절을 맞추기가 쉽고 술어를 줄여서 짧게 말할 수 있는 특색을 갖추고 있습니다. 이렇게 격조 높은 느낌의 문어체를 말하는 언어인 구어체로 바꾸는 것이니 실로 엄청난 실험입니다.

이외에도 무로 사이세室生犀星나 사토 하루오佐藤春夫라는 대가들이 즐비합니다. 이런 대가에게 공통된 것은 정감 넘치는 심정의 시를 썼다는 점이며 그 기저를 이루는 것은 자연 찬미의 공감이었습니다. 근대시인으로 이름이 난 대부분이 15년전쟁으로 쏠려가는 1930년대 이후 전쟁 칭송(당시에는 15년전쟁을 성전이라고 말했습니다)을 하게 됩니다. 뛰어나게 사적인 심정과 관련된 시를 썼던 시인들이 천황의 위업을 내세우는 황위발양皇威発揚과 관련된 국가주의, 군국주의 앞에서 정말로 쉽게 자신의 껍질을 벗어던질 수 있었습니다. 이 근대 서정시인들이 '일본의 노래'라고 지은

초등학교 창가나, 동요, 서정가의 대부분은 15년전쟁의 발
단이 된 '만주사변' 전후에 쓰인 것입니다. 간략하게 정리
했지만, 현대시가 지나온 경로가 전전戰前에 나온 근대시에
대한 반성에 뿌리를 내리고 시작된 시 창작 행위였음은 어
느 정도 이해하셨을 것이라 생각합니다.

일본 시단의 권외에서

그렇다면 재일조선인의 한사람인 저는 일본 현대시와
어떤 관련을 맺어왔던 것일까요? 솔직히 말씀드려서 저는
일본에 온 이래로 일본 시의, 아니 일본 시단이라고 해야
겠습니다만, 일본 시의 권외에서 살아왔습니다. 헤이트스
치피처럼 개개인의 인권, 민족의 존엄을 훼손하는 움직임
이 공공연히 일어나도 일본의 시인 대부분은 그것이 자신
의 창작과는 아무런 관련이 없으며 그저 조선인들과 아주
작은 말다툼이 벌어졌다는 정도로 인식합니다. 전전과 전
후, 무권리 상태를 강요받아 온 — 정확히는 1970년대에
들어서면서 재일조선인의 시민적 권익도 눈에 보일 정도
로 개선이 되기는 했습니다만, 재일조선인에 대한 차별 의
식은 의식하지 않는 의식이 되어 대다수 일본인의 시민 감
정 속에서 여전히 숨쉬고 있습니다. 요컨대 그 정도로 관

련이 없는 사람들끼리 창작을 하고, 시를 쓰는 관계 속에 저는 존재하고 있지만 일본 시의 권외에 위치한 사람일 수밖에 없었습니다.

꽤나 쓸쓸한 이야기지만 일본에서 시집은 잘 팔리지 않는 책입니다. 그런 시집이 혹시라도 천 부가 팔린다면 눈을 크게 뜨고 모두가 놀랄 진귀한 일입니다. 그 이전에 서점에서 시집을 들여놓지 않습니다. 자비로 상당한 돈을 내 시집을 출판해서 동인들끼리 서로 나누는 등 동인들 사이에서나 시는 창작되고 나눠지고 있습니다. 문학이라고 하면 일본에서는 소설을 말합니다.

신문 등의 문예시평에서 다루는 것도 소설뿐입니다. 그 정도로 일본 현대시는 군색한 상태를 몇십 년이나 맞이하고 있습니다. 그것은 바꿔 말하자면 일본에서 예술이란 시의 쇠퇴 위에 성립되고 있다 해야 할 것입니다. 그러면서도 시는 현묘하게도 일본 소설의 본류인 사소설 속에서 숙성되고 있습니다. 시를 쓰는 행위가 그렇게 무력함에 빠지기 쉬운 오늘날의 일본입니다. 무엇보다 일본이라는 경제대국은 정교한 하이테크 기술을 구사해 광범위한 정보 시스템을 완비하고 있으며, 그 시스템으로 물류를 관리하는 거대한 기구를 갖추고 있는 문명대국입니다. 이 난숙해진 나라 안에서 시란 하잘 것 없으며, 실생활과 동떨어진 개인의 조용한 사색 행위에 지나지 않습니다. 시인 대부분은 상업주의와 연관된 카피라이터 일을 하며 생계를 이어가거나, 대망의 소설 한 편을 써서 일본의 표층을 그대로 모방하는 것이 고작입니다. 그럼에도 그런 시와 관련을 맺고서 떨어져 나가지 않는, 저라는 사람을 때로는 물론 애처롭게 여기기도 합니다. 시를 쓴다고 하기보다도 시를 살아간다고 하는 편이 제 안에 보다 절실한 바람으로 자리 잡고 있기 때문입니다. 이토록 난숙해진 경제력과, 제멋대로의 생각, 방자한 마음과 다양한 자유를 누리면서도 일본이라는 나라는 눈앞의 이익과 지식에만 사로잡히는 풍조가 만연해 있습니다. 그래서 실리와는 부합되지 않는 것, 특히 시를 문학이라는 범주로부터 멀리하고 있습니다.

왜 그런 것일까요? 시가 없는 것도 아니며 시인이 존재하지 않는 것도 아닙니다. 시중에 돌아다니는 명사나 시인연감 등을 보면 몇백 명도 넘는 시인의 이름이 늘어서 있습니다. 시단詩壇에도 월간 시 잡지 등이 발간되는 것을 보면 그에 걸맞게 화려한 모양새로 번성해 있습니다. 그러니 사람들이 관심을 기울이지 않는 것은 시가 아닐지도 모릅니다. 시가 아니라, 시 안의 무언가가 간과되고 있습니다. 제가 쓰는 시가 일본 현대시로부터 멀리 떨어져 있다고 말씀드렸는데 그것도 이와 밀접히 관련돼 있다고 생각합니다. 간과되고 등한시되는 무언가에야말로 그렇게 되면 안되는 소중한 무언가가 잠재돼 있습니다. 인권이나 공해 등의 문제도 간과되고 있는 것 중 하나입니다. 완성된 권위나 널리 퍼진 정의를 통째로 꿀꺽 집어삼켜서는 도저히 시인이라 할 수 없습니다.

제 시가 일본 현대시로부터 멀리 떨어져 있음은 무엇보다도 일본 현대시에서 실감을 느낄 수 없음과도 관련이 있습니다. 어쨌든 일본 현대시는 어렵습니다. 관념적인데다 대단히 추상적입니다. 무엇을 근거로 해서 살아가는지 알 수 없는 사람들이 시를 쓰다 보니, 무작정 인텔리가 쓰는 시만이 성행하게 됩니다. 그런 시에 친근감을 가지라 해도 도저히 그럴 수 없습니다. 현대라는 시대의 복잡함 속에서 인간의 사고가 굴절되는 현상을 저 또한 이해할 수 있지만, 아무리 그렇다 해도 일본 현대시는 복잡한 것을 지나치게 복잡하게 표현하고 있습니다. 그렇지 않으면 본래 단순한 것도 복잡하게 다시 그리고 있는지도 모르겠습니다.

시와 언어

시와 만나게 될 때 무엇을 시로 느끼는가라는 문제는 쉽게 설명할 수 있는 성질의 것이 아닙니다. 다시 묻는다면 여러분의 마음속에서도 이런저런 생각이 엇갈리고 있을 겁니다. 그 중에서도 대부분을 차지하는 것은 심정적인 정감, 유로流露하는 서정, 아름다운 정경과 같은 것이겠죠. 사실 시란 그렇기도 합니다. 그렇게 느낄 수 있는 마음속에 시가 내재하고 있다는 사실만은 틀림없습니다. 그렇게 받아들이는 방식, 느끼는 방식에 공통된 요소는 문장 첫머리에서 말씀드린 바처럼 시에 보내는 흔들림 없는 신뢰입니다. 거듭 말씀드리자면, 시란 거짓 없는 자기 증명의 독백이며, 진실한 것, 순수한 것을 향한 공감을 나누어 가지는 가장 사념 깊은 미디어로서 존재합니다. 그렇기에 시는 모든 예술의 핵을 이루고 있다고 할 수 있으며 예술을 낳는 원천이라 불리고 있습니다. 일반적으로 말해서, 우리가 그림이나 음악이나, 연극, 무용, 영화를 접하고 감명을 받고서 무언가가 씻겨 나가는 듯한 카타르시스를 느끼는 것은 결국 그 예술을 만든 사람의 시에 감명을 받았기 때문입니다. 따라서 그 작품이 좋은 작품인가 그렇지 않은가는, 그 작품에 시가 존재하느냐 그렇지 않느냐와 관련돼 있습니다. 직인의 작품이 예술이라 불리지 않는 이유이기도 합니다. 아무리 뛰어나게 그린 영화 간판이라 해도 그것을 예술 작품이라 부르지 않습니다. 그 안에 창작자의 독창성이 없다면 시는 싹트지 않기 때문입니다. 그렇게 보자면 시란 뜻밖에도 보편성이 있는 예술입니다. 요컨대 시는 시인만이 독점하는 것이 아니며 시인은 어쩌다 언어로 시를 쓰고 있음에 지나지 않습니다. 사람은 모두 각자 자신의 시를 품고서 살아가고 있습니다.

인류가 이 세상에 태어난 후 언어를 공유하게 됐을 때부터 인간은 이미 시적이었습니다. 태고의 언어, 그 언어의 시작은 어휘가 매우 한정적이었기에 우선은 살아가는데 가장 필요한 말부터 만들어졌습니다. 예를 들어 물이나 불, 비, 그리고 그 비를 내리는 천체, 그런 말이 처음에 만들어졌습니다. 한정된 말밖에 없었기에 한 단어가 여러 용도와 의미를 띠고 있었습니다. 근대에 와서 정비된 수사학에서 말하는 비유적 표현의 '암유메타포' 용법이 언어가 발생한 시초부터 쓰였던 겁니다. 숲에서 자연 발화가 일어나서 동물이 타 죽으면 그 고기는 날것으로 먹는 것보다 훨씬 맛이 좋았을 겁니다. 하지만 불은 생명을 빼앗기도 합니다. 태워 죽이기도 하니까요. 무서웠던 불이 더러워진 것 등 주위를 깡그리 태워버려 깨끗하게 만듭니다. 거기에서 싹이 터서 새로운 생명이 자랍니다. 불은 모든 것을 태워서 무의 상태로 만들지만, 초목을 보면 알 수 있듯이 불 태워버린 자리에서 다시 새로운 싹이 소생합니다. 불은 부정한 것을 정화하고 생명을 되살립니다. 불이 고대로부터 제례 의식의 중요한 위치를 차지해온 이유이기도 합니다. 그러므로 '불'이라는 말은 신성하며 부활을 바라는 기원으로, 눈에 보이는 '신'을 증명한다는 생각의 연쇄까지 일어나게 됩니다. 그것이 암유를 쓰는 용법과도 겹쳐집니다.

인간의 본성에 시가 뿌리를 내리고 있다는 말도 반드시 억지는 아닌 셈입니다.

시는 쓰이지 않아도 존재한다

사람은 모두 각자 자신의 시를 껴안고서 살아가고 있습니다. 있는 그대로가 아니라 다른 방식으로 골똘히 생각하는 사람, 또는 언어가 통하지 않는 관계에 있는 것, 예를 들어 동식물이나 무기물 등 인간이 아닌 것과 마음이 통하는 사람은 이미 그 마음속에 시가 살아 숨쉬고 있습니다. 어린아이가 쓴 글에 우리가 깜짝 놀라는 이유는 돌이나 꽃과, 벌레, 작은 새들과도 아이들은 말을 나누고 있기 때문입니다. 어른들은 점차로 상식의 포로가 돼 모처럼 지니고 있던 동심을 잃어버렸을 뿐만 아니라, 어릴 적 꿈까지 고갈시켜 죽어갑니다. 인간도 살아 있는 생명체 중의 하나입니다. 모든 것과 마음을 통할 수 있는 감성을 품고 있습니다. 시는 그러한 감성에서 시작됩니다. 요리를 하며 평생을 보내는 사람이 있는가 하면, 보선공으로 생애를 마치는 사람도 있으며, 관리직은 거들떠보지 않으면서 당당하게 아이들을 챙기며 정년에 도달하는 교원이 있음도 저는 알고 있습니다. 요컨대 있는 그대로 살고 싶지 않다는 마음을 거듭 품으면서 의지를 깊이 간직하며 살아가는 사람의 마음속에는 반드시 시가 싹트는 법입니다.

무용가는 자신의 무용으로 시를 표현하며, 조각가는 정과 망치로 돌을 조각하고, 나무를 파서 자신의 시를 표현합니다. 그렇다면 왜 시를 쓰는 사람에게만 시인이라는 칭호를 붙이는 것일까요? 앞서 양해를 구하자면, 저는 시를 제 직업으로도 제 장기라고 생각하지 않습니다. 모두가 시를 지니고 있으며, 자신의 시를 살아가는 사람은 허다히 있습니다. 그러므로 쓰이지 않은 소설은 존재하지 않지만 시는 쓰지 않아도 존재합니다.

이미 돌아가셨지만 히로시마 시내에서 조금 떨어진 곳에서 그분은 살고 있었습니다. 그분은 미국과 프랑스가 어딘가에서 원수폭 실험을 하면 자기가 사는 곳 근처 사거리 모퉁이에서 이틀 동안 계속 앉아 있었습니다. 원수폭 반대라고 쓴 피켓을 앞에 두고서 비가 오나 바람이 오나 그곳에 앉아 있었습니다. 이제는 관광지로 변해 버렸지만, 홋카이도의 철새를 구하려고 습지를 정비하고 먹이를 주고 철새 연못을 정비한 분이 있었는데, 그분의 운동은 그 후 주민운동으로 이어졌습니다.

그토록 떠들썩하게 국회를 흔들며 안보법제 관련 법안을 반대했음에도 불구하고, 아베 정권은 재작년에 강제로 법안을 통과시켰습니다. 이건 신문 기사로 읽었습니다만,

국회 앞에서 시위가 한창 벌어지고 있을 때 70살 가까운 부부가 '우리도 어떻게든'이라는 마음은 있었지만 창피해서 결심이 서지 않다가 마침내 등에다 문구를 붙이고서 회사로 출근했다고 합니다. 지금도 92살 된 분이 금요일 데모에 등 뒤에 항의 문구를 써넣고 참여하고 있습니다. 존재만으로도 통째로 시를 발현하고 있는 셈입니다. 시인은 그러한 삶의 방식이 있음을 깨닫고 유대 관계를 맺으면서 탄생하는 언어를 자신의 것으로 만드는 혜택을 받습니다. 그렇지 않으면 자신의 테두리를 벗어나지 못하는 관념적이고 사념적인 세계에 빠지게 됩니다.

앞서 말했듯 쓰이지 않은 소설은 존재하지 않지만 시는 쓰이지 않아도 존재합니다. 여러 가지 사물과 현상인 사상 事象, 움직임, 호흡, 그것과 만난 사람이 그 정도의 자애로움을 얻게 됩니다. 요컨대 언어로 자애로움을 얻게 되는 셈입니다. 목구멍까지 치밀어 오르는 마음을 언어로 표현하지 못해서 어물거리는 경우도 헤아릴 수 없습니다. 인간이 살아가는 것은 대체로 그렇습니다만, 그렇게 목구멍에 막혀서 나오지 않는 말, 정체돼 응어리진 마음을 실을 뽑아내듯이 표현해내는 언어력, 그것이 언어로 쓴 시입니다. 따라서 시를 쓰는 사람, 언어를 구사하는 사람의 책무는 자신의 생각은 반드시 그 밖의 많은 사람이 생각하고 있는 것이기도 하다는 자각을 소홀히 하지 않는 것. 요컨대 자신도 대중의 한 사람이므로 많은 사람들의 생각을 필연적으로 갖고 있다고 생각해야 합니다. 주위를 보면 자신을 위해서 시를 쓴다는 사람이 종종 있습니다. 확실히 그렇기는 하나 주위 사람들로부터 떨어져 살아가는 것이 아닌 이상, 많은 사람들과 연결되어 있음을 부정할 수 없습니다. 그러므로 시인은 불가분하게 타인의 삶을 나누어 가진 존재입니다. 시인의 언어는 그러므로 무엇보다 소중합니다.

초현실주의의 대두

제1차 세계대전이 끝난 후, 초현실주의라는 경악할 만한 예술사조가 대두됩니다. 천 몇백 년에 걸친 유럽 전역의 신앙 규범을 만들고, 윤리관, 도덕률, 세계관에 이르기까지 통괄하고 있었던 것은 천주교였습니다. 세계대전도 이 천주교 교도가 벌였습니다. 그런 천주교의 신앙, 천주교나 기독교에 대한 불신과 반감을 계기로 전면 부정의 예술주의, 행동력 있는 운동으로서 일어난 것이 일대 예술사조로서의 초현실주의입니다. 이 쉬르초의 예술사조에 주도적인 역할을 했던 예술인은 바로 시인들이었습니다. 앙드레 브르통André Breton은 이를 대표하는 전위시인입니다. 저는 리얼리즘 시를 쓰지만, 이전부터 리얼리즘을 변혁할 수 있는 것을 초현실주의로부터 얻어왔습니다. 초현실주의는 알고 계시는 것처럼 자동기술법automatism이라는 언어 기능을 주장했습니다. 약 2천 년 동안 기독교, 특히 중세 이후의 천주교 등 종교적 제약이라는 엄혹한 규범 속에서 사람들의 윤리관이 조형됐습니다. 그 윤리관은 도덕률이나 철학관마저도 속박해 왔습니다. 초현실주의자들은 그러한 윤리관하에서 몇백 년 동안이나 배양되어 온 의식, 배양된 언어야말로 가장 불신해야 할 것이며, 혐오의 대상으로까지 설정했습니다. 언어라는 것은 생활규범까지 포함하고 있어서 때문은 것이라 생각합니다. 그러므로 의식하지 않고서 표현하는 언어를 추구한 결과 자동기술법에 이르렀습니다. 요컨대 몽유병 상태에서 발화되는 언어야말로 그 어떤 것과도 섞이지 않은 순수한 언어인 셈입니다. 그 정도로 이미 만들어진 권위, 의식, 도덕률, 가치관과 대립해서 그것으로부터 빠져 나가는 방식에 집착했습니다. 이는 즉 천주교주의, 기독교의 정신주의로부터의 탈각을 의미합니다.

그토록 전위적인 예술사조, 초현실주의를 지향한 사람들 중에서 운동의 신조를 지탱한 인물은 뛰어난 시인으로 박명한 로트레아몽Lautréamon이 있었습니다. 그는 『말도로르의 노래』라는 단 한 권의 산문시집을 남겼습니다. 로트레아몽은 "시는 한 사람이 아니라 만인이 써야만 한다"고 했는데 초현실주의자들은 그것을 이념으로 삼았습니다. "누구나가 할 수 있는 수법으로 모두가 모방 불가능한 표현을 창출하"는 것이 창작의 기본이었기 때문입니다. 요컨대 시는 모두와 연결된 것이지만 모두에게 공통된 마음을 지니며, 그러면서도 독자적인 언어를 발화할 수 없다면 이미 시가 아니라는 겁니다. 시란 인간의 본질에 뿌리내리고 있는 미입니다. 그러므로 시를 자각하게 되면 부당한 것을 가장 증오하는 인간이 될 수밖에 없습니다.

인간이 인간으로 살아가려 하는데 그 길이 닫혀 있을 때가 왕왕 있습니다. 일본국 헌법은 최소한의 문화적 생활을 사람들에게 보장하고 있지만, 도쿄에는 아사해서 한 달 동안이나 발견되지 않았던 부부가 있었습니다. 이토록 풍요로운 나라에 풍요롭지 않은 것이 오히려 더욱 크게 존재하고 있습니다. 빛의 세기가 강하면 강할수록 그 뒤에 있는 어둠의 깊이는 깊습니다. 아닌 척 가장하고 있음이 신경이 쓰이며 사람들이 신경조차 쓰지 못하는 것에 마음이 쓰이는 바로 그곳에 시가 머뭅니다. 그렇기에 현재 난숙한 경제대국 일본 안에서 시는 오히려 소홀한 대접을 받는 운명에 처해있는 것인지도 모릅니다. 그런 것에 관여하면 곤란해지도록 사회가 짜여 있습니다. 타인의 의도가 무엇이든, 타인의 인생이 어찌되든, 자신만 좋으면 된다는 실리 찬양의 풍조가 완전히 만연해 있음도 이와 관련됩니다. 다른 사람들이 언어로 표현할 수 없는 마음을 겸비하고 있는 자로서, 저는 시를 쓴다는 행위는 그러한 것임을 의심치 않지만, 목구멍까지 치밀어 오르는 마음을 지니고 있으면서도 여전히 표현하지 못한 채 살아가는 많은 사람들이 있습니다. 대부분의 세상 사람들은 그렇습니다. 자신이 좋아하는 일을 하면서 살아가는 사람은 제한적이니까요. 먹고 살기 위해 일하면서 가슴 속에서 솟구치는 마음을 언제고 그저 품고만 살아가는 겁니다. 그런 사람들의 마음을 나누어 가지려는 생각을 품고 사는 저는, 시인은 언어를 갈고 닦으며 의식을 개척하는 존재여야만 한다고 항상 제 자신을 타이르고 있습니다.

시는 현실 인식의 혁명

시에 대한 생각은 그 사람의 인생관, 세계관에 따라 다르다고 말씀드렸습니다만, 그 가운데 공통된 요소도 있습니다. 시에 대한 호오好惡와는 관련 없이 시는 현실 인식의 혁명이라는 사실이 바로 그렇습니다. 딱 잘라 말해도 좋다고 생각합니다. 시는 인간 의식의 표출이라고 할 수 있는 언어를 응축해서 새겨 넣는 예술이므로 어떠한 관점에 서 있는 시인이라 하여도 통상적인 일상어를 부단히 체로 쳐서 골라내야 합니다. 일상에 익숙해져서 완전히 무지러진 언어로부터 탈피해 쇄신해야 합니다. 그 사고를 영위하는 것이야말로 이미 현실을 재검토하고, 주어진 그대로 있을 수 없다고 생각하는 마음의 시적 행위인 동시에 그에 대한 인식입니다. 그러므로 현실 인식을 바꿔나가야만 합니다. 이미 성립된 정의조차 의심하며, 선악과 미추를 즉각적으로 판단하지 않으며, 대다수가 쏠려가는 지점으로부터 이탈한 인간. 대부분이 찬동하며 흥겨워하는 것에는 머쓱해하며, 감격의 눈물을 흘리는 많은 사람들의 그늘에서 홀로 웃음을 짓는 사람. 결코 심술쟁이가 아니며 평소에는 어느 누구보다도 사람이 좋으며, 유연하게 반골적인 기골을 숨기고 있는 사색하는 사람. 이것은 아무리 관점이 달라도 시를 살아가는 사람이 지닌 공통된 자질입니다. 언어를 갈고 닦고, 의식을 개간해가는 시인은 요컨대 현실 인식에 돌멩이 하나를 던지는 의식의 개척자이기도 합니다. 아무리 소설이 팔리고 각광을 받아도, 소설가가 가장 주눅이 드는 대상은 시인입니다. 그것은 소설의 로망에 내재된 것 중에서 문제시되는 핵심이 바로 시임을 소설을 쓰는 사람이라면 누구보다 잘 알고 있기 때문입니다. 사실 일본시는 일본적 자연주의 문학, 사소설 속에서 그 어느 때보다도 꽃을 피웠습니다. 아무리 장대한 소설이라도, 예를 들어서 『전쟁과 평화』나 『안나 카레리나』 정도의 장대한 이야기라 해도, 읽고 나서 기억에 남는 것은 몇 장면이거나 몇 개의 문구 정도입니다. 영화도 똑같아서 몇몇 신에 한정됩니다. 하지만 시는 애초부터 매우 한정된 적은 글자를 새겨 넣었기에 기억에 남는 효율로 보자면 시가 최고입니다.

저는 일본에서 살아 온 60여 년 동안 한국 외의 나라를 방문한 적은 없지만, 가능하다면 프랑스에는 꼭 한번 가보고 싶습니다. 그것은 화려한 도시 파리에 가고 싶다는 진부한 목적이 아닙니다. 일본에 왔을 무렵 청강하고 있던 대학에서 어느 선생님이 프랑스의 좋은 점에 대해 말해줬는데 지금도 그것을 잊지 않고 기억하고 있습니다. 프랑스에서는 시인을 위해서 평론 부문의 직업을 보장하고 있다고 합니다. 평론 부문은 시인을 위한 직종이라는 겁니다. 세계에서 가장 평론가가 많고, 평론이 활발한 나라가 바로 프랑스입니다. 헤어스타일, 미용, 복식 등 어떤 장르의 평론가라 해도 동시에 시인이 아니면 사회적인 신용을 쌓을 수 없는 나라가 프랑스라고 했습니다. 영화나 연극, 미술 평론도 마찬가지입니다. 제게는 대단히 감동적인 이야기였습니다. 그 후 신경을 써서 프랑스 책을 읽어봤습니다. 물론 번역된 것이지만 확실히 그렇습니다. 프랑스에서는 전통적으로 시인이 최소한 한 명의 연극인이나 한 명의 화가를 세상에 내보낼 책무를 운명처럼 짊어지고 있습니다. 화가나 무대 예술가는 자신에 대해 말하는 사람들이 아닙니다. 아폴리네르가

피카소를 세상에 내보냈던 것과 같은 이치입니다. 장 콕토가 마리아 칼라스에게 했던 것과 같은 이치입니다. 화가나, 연극인, 무언가를 창조하는 사람은 자신을 스스로 설명하지 못합니다. 그런 사람들에 대한 논증이나 이론을 언어로 증명해 주는 시인들이 살아가는 나라. 그것이 프랑스라고 들었습니다. 아직도 동경하고 있습니다.

상황과 시

'역사의 전환점'이라는 관용어는 시대 변동을 비유한 말인데, 현재 일본은 커다란 커브를 돌고 있기보다 완전히 직각으로 꺾으며 나아가고 있는 느낌입니다. 아베 수상은 일찍부터 헌법 개정을 공언하기를 망설이지 않았는데, 2년 전에는 염원하던 안보법제 관련 법안을 강행 채택해 헌법 9조를 실질적으로 형해화形骸化시켰습니다. 이미 교육기본법을 개정하고 여당만으로 그것을 강행했습니다. 제1차 아베 정권 당시 학교 현장에서 '아름다운 일본'이라는 정서적인 애국의 심정을 가르치는 것 등을 정치 목표 슬로건으로 내걸었습니다. 아베는 중의원과 참의원 모두 3분의 2 이상 의석을 점거했으니 더욱 그런 현상이 가속화되고 있다고 느낄 수밖에 없습니다.

제가 감수성이 다감한 소년이었을 무렵, 일본은 '신주神州 일본', '신의 나라 일본'이라 칭해져 더 없이 아름다운 나라라고 배웠습니다. 일본 국민으로서 비천한 몸으로 천황의 방패가 돼 외적을 막는 것이 무엇보다 중요한 미덕으로 여겨졌습니다. 전쟁을 거쳐 온 일본이 국가주의적 색채가 짙은 아베 수상 집권 시기부터 두드러지게 "아름다운 나라", "늠름한 나라"를 내세우고 있습니다만, 이 "아름다운 나라"라는 개념은 정말로 섬뜩합니다. 아름답지 않다고 생각되는 것을 불식시키는 데 힘이 들어갈 것 같아서 식민지인이라는 어두운 역사의 부산물인 저, 조선인인 저는 말로 형용할 수 없는 불안감에 휩싸일 수밖에 없습니다.

전후 평화헌법하에서 배양된 국가의 토대가 소음을 내며 흔들리고 있는 지금, 시는, 그리고 시인은 어떠한 위상을 지니고 살아가야 하는 것일까요? 일본에서 살아갈 수밖에 없는 재일조선인인 저는 무엇에 의거해서 자신의 시를 살아가야만 한단 말인가? 하고 자신에게 물으며 이곳에 서 있는 참입니다.

저처럼 지방의 끝에서 글을 쓰는 사람에게도 하루에 몇 권인가의 동인지나 시집이 옵니다. 집이 우편물 때문에 찌부러질 정도로 책이 쌓여가고 있습니다. 최근 4, 5년을 돌아봐도 노아의 홍수를 연상시키는 동일본대지진, 후쿠시마 원자력발전소가 붕괴되는 대지진이 있었고, 안보법제 관련 법안을 둘러싼 소란스러움이 일본열도를 뒤흔들었습니다. 그것만이 아니라 지금까지는 없었던, 아니 있을 수 없었던 일들이 공공연히 통과되고 있습니다. 제 방이나 복도에 산처럼 쌓여가는 상당한 분량의 동인지와 시집 대부분에는 평화헌법이 어긋나는 사태나 동향을 심각하게 사고하는 문장이나 작품은 조금도 실려 있지 않습니다. 그렇지 않으면 문학이 아니라는 것처럼 지극히 평온하며 평화로운 일본 안의 개인이 일상에서 느끼는 심정이나 생각에 몰입할 뿐입니다.

제가 경애하는 오노 도자부로小野十三郎의 『시론詩論』을 보면 시적 행위 — 요컨대 시에 주력하는 의지적인 행위라 받아들여도 될 것 같습니다 — 라 함은 "느슨하고 지루한 시간인 일상생활의 바닥에 보이는 항상적인 저항의 자세"라고 설명하는 구절이 나옵니다. 익숙해진 일상으로부터의 이탈과 그렇게 익숙해진 일상과 마주하는 것이 시를 낳는 원동력이라고 말하고 있음에 다름 아닙니다. 적어도 자의적인, 우연한 사념조작思念操作이 그려내는, 혹은 그려낼 요량으로 있는 추상 능력으로는 시적 행위를 만들어낼 수 없다는 뜻이기도 합니다.

일본 현대시가 번성했다고 한다면 무엇을 근거로 그렇게 됐는가가 문제시됩니다. 개별 시인은 자신의 시가 성립될 정도의 장場이나 상황을 자신의 삶의 방식에 과연 비춰

볼 수 있을 것인가. 일본 현대시는 어떤 범위에서 어떠한 사람에 의해 읽히고 지탱되고 있는가를 고찰하면서 현대시는 이런 것이라는 정의를 행위로써 부정해 가는 것. 그러한 시도가 없는 한 현대시는 흥미롭지 않다는 사고로부터 언제까지고 빠져나갈 수 없을 것입니다. 이것이 시라고 여겨지는 내용을, 행위나 사회와 겹쳐지는 지점을, 의식하는 행위로써 부정해 가는 것. 그것이 아니라면 시를 하는 행위는 존재하지 않습니다. 이를 위해서는 자신이 존립하고 있는 일상의 폭 속에서 스스로 나아가야 하고, 그 폭을 자신의 의식 속으로 끌어들이지 않는 한 시는 지극히 사적인 매우 협소한 의식을 표명하는 수준밖에는 되지 않습니다.

어쨌든 시를 어떻게 생각하던지, 대상에 대한 관심이 사라지고, 자신의 존립만이 모든 것이 될 때 사회의 상태를 질적으로 높이고, 풍부하게 만들려는 우리의 사랑은 엷어져 갈 뿐입니다. 우리는 좀 더 주변의 것, 더 나아가서는 변동하고 있는 시대, 꿈틀거리는 사회 상황에 관심을 품어야 합니다. 일본이 경제적으로 윤택하고 소비 물질이 넘쳐나면 날수록, 그 윤택함의 바닥을 향해서 시는 비평의 추를 가라앉혀가야 합니다. 경제대국에 사니 우리가 혜택을 받고 있는 것이 아니라, 넘칠 정도의 윤택함으로 인해 오히려 피폐해지고 황폐해져 가는 사람도 가득 있음을 알아야 합니다. 그러므로 시는 성실하고 소박하게 살아가는 사람들 측에 있어야 합니다. 이를 저해하는 모든 것과 응당 마주봐야만 합니다. 그러므로 시는 대저 언어만의 창작이라고 한정할 수 없습니다. 그렇게 살아가려 하는 의지력 속에야말로 그렇게 돼서는 안 되는 것을 향한 비평이 숨쉬고 있습니다. 그 자체가 이미 시라 해도 되며 그 비평을 언어로 발화할 수 있는 사람이 시인이기에 시는 좋든 싫든 현실 인식의 혁명입니다.

시와 서정

주석을 다는 것 같아서 죄송하지만 현대시와 근대시의 차이를 한마디 말하자면 표현할 것인가 노래할 것인가라 할 수 있습니다. 근대시는 그러한 기분을 정감적으로 공유할 수 있다면 의식이 굴절돼 작용하지는 않습니다. 통상적인 인식과 서로 비슷한 정동, 자연관과 계절 감각이 뭐라 말할 수 없는 정감을 음조에 실어 자아내 읽는 사람의 감정에 맞물리는 것이 가장 좋습니다. 이 모든 것이 인생의 애감을 풍기기에 안성맞춤인 공통의 제재입니다. 그렇기에 근대 서정시라 불리는 근대시의 기조에는 예정조화적인 자연찬미가 담겨 있습니다. 자연에 빗대어 자신의 생각을 노래하니, 말하자면 자신의 심정을 자연에 투영하는 겁니다.

그에 비해서 현대시는 정감보다도 사고의 가시화에 힘을 쏟습니다. 마음이라던가, 생각하고 있는 것은 눈에 보여줄 수 없지만, 그것을 정말로 눈에 비추는 것처럼 공간에 표현해 냅니다. 언어는 본래 마음이 가득 담긴 말이면 말일수록 물체의 형상을 띠지 않으면 표현할 수 없습니다. 일상어는 금방이라도 이해돼 받아 넘겨버리는 언어라서 듣는 이의 상상력을 부풀게 하거나 사고 속에 자리 잡기를 기대할 수 없는 편법적인 언어입니다. 기쁘다, 슬프다, 아프다, 괴롭다고 호소하게 되면 그 용어 자체가 심정의 전체라서 이미 그것만으로도 충분합니다. 끓는 물을 속아서 마셨다 믿는 사람에게 배반당해 호되게 당했다거나 물이 떨어지는 곳에 돌이 막혀 있다는 등의 비유는 예부터 실생활에서 사용되던 언어의 지혜였습니다. 그것이 사물의 형태를 들어서 표현을 하는 화자, 표현자의 실감입니다. 요컨대 비유된 것에 입각해 심정이 눈에 보이게 되는 이치입니다. 사고의 가시화라는 현대시의 방법도 알기 쉽게 말하자면 같은 종류입니다. 마음을 느끼게 하기보다 가시화해 그리기에 정감을 돋우는 표현은 최대한 피하게 됩니다. 말하자면 정신주의 비판이 그 안에서 작용하고 있는 것입니다.

그래도 일정한 리듬이 작품을 관통하고 있다면 그것이 그 사람, 시인의 독자적인 서정입니다. 요컨대 주정적主情的인 정감으로부터 끊어져 한층, 유로流露하는 리듬이야말로 발견해야 할 현대시인의 서정입니다. 시의, 시인의, 더 나아가서는 사람들이 지닌 사상의 낡고 새로움은 그 서정이 지닌 질에 따라 분간됩니다. 현대시를 쓸 요량으로 있으면서도 실은 근대시의 영역 안에 고착돼 있는 '서정적'인 사람은 지금도 여전히 많습니다. 단카短歌나 하이쿠도 이 서정적인 면으로부터 본다면 시라는 것과 차이가 명확합니다.

최근 몇 년 동안, 지진과 풍수해風水害, 폭설로 인한 재해로 인명을 잃는 등, 엄청난 자연재해가 두드러지게 이어지고 있습니다. 도시에서 생활하는 사람에게는 매년 똑같은 겨울 풍경이겠지만, 폭설 피해를 입은 지역의 어려움은 비견할 수 없을 정도로 곤란합니다. 도시 집중화 현상으로 고령자만이 남아 있는 시골 촌락은 더욱더 곤경에 처해 있습니다. 눈이라고 하면 약간 동화와도 같은 울림도 있고, 스키를 타러 가는 것처럼 즐거운 일입니다. 하지만 그곳에서 살아가는 사람에게 자연은 남들보다 갑절이나 되는 노력과 검소한 생활을 거듭한 후에야 간신히 마주할 수 있는 대상입니다.

자연이란 사람들이 살아가는 곳을 의미합니다. 인간이 이 세상에 탄생한 날부터 인간의 앞을 막아선 것은 압도적인 자연의 위협이었습니다. 경작지 하나를 만드는데도 바위를 움직이고 숲같이 우거진 덩굴을 치우고, 나무뿌리를 치우고, 바람을 막는 울타리를 세워야만 했습니다. 그런 가혹한 생활조건을 버텨왔기에 인간의 힘이 도저히 미칠 수 없는 것이 세상에 있음을 사람들은 자연과 더불어 살아가면서 깨닫게 됐습니다. 인간의 언어로는 — 방금 전에도 말씀드렸지만, 그렇게밖에 말할 수 없어서 그것을 신이라고 말하고, 하늘이라고 말하면서 우러러 봤습니다. 그러므로 자연이란 인간에게 외경의 대상이기는 했어도 치유를 받는 무엇이거나, 비노동非労働 그러니까 일하지 않아도 좋은 대가처럼 찬미되는 대상이 절대 아니었습니다. 다시 말하자면, 그곳에서 살아가는 의미를 지닌 사람에게 자연은 존재했다고 하겠습니다.

사람은 자연이라는 압도하는 현실의 한복판에서 살아가야 했기에 자연과 무엇보다 조화를 이뤄야 했습니다. 현재는 어디에 가도 개발, 개발이라 하며 도시화 현상이 촌락의 발전인 것인 양 말하고 회자되고 있습니다. 끊임없이 계속되는 풍수해도 그 대부분은 도시화 현상으로 자연의 분노를 산 것이라 생각합니다. 한신대지진이 일어난 고베도 편리함을 극도로 추구하는 도시였기에 더욱 큰 재해가 됐습니다. 그 정도로 훼손되고 있는 자연 속의 향토를 그저 사랑하기만 하면 나라를 사랑하는 것으로 이어진다고 아베 수상은 말하고 있습니다. 알고 계시는 분도 있겠지만, 어제 신문에 의하면 일본은 인도와 원전 수출 계약까지 맺은 모양입니다.

확실히 일본은 자연의 혜택을 받은 나라입니다. 아름다운 사계가 있고, 노래에 나올 것처럼 산은 푸르고 물이 깨끗한 나라입니다. 그렇기에 단카나 하이쿠는 국민적 시가의 지위를 전통적이라 해도 좋을 정도로 계속 유지하고 있습니다. 도시화 현상 속의 과소화過疎化라 함은 사람의 정감을 얽매는 자연이, 사람의 마음을 치유해야 할 자연이 흔한 곳일수록 사람이 사실 살아갈 수 없는 상태와 이어집니다. 그러니 그것은 그대로 소중한 자연을 소외시키고 있음에 다름 아닙니다. 그런데도 일본의 단시 형태의 문학 대부분은 그 자연에 마음을 가득 담아서 정감 넘치게 찬양하고 있습니다. 그러므로 서정시라는 것은, 정확히 말하자면 근대풍의 서정시라 함은 자연의 아픔을 뒤돌아보지 않는 것이기에 '비평'을 안고 있는 창조 의식과는 동떨어진 미의 소산입니다. 요컨대 정감이 빚어낸 '자연'입니다.

서정이나 정감이라는 것, 그 자체는 개개인의 체감적인 리듬이며 감정의 꿈틀거림이므로 타인과 관련이 없습니다. 그럼에도 그것이 예정조화적인 총화인 것인 양, 누구에게도 의식되지 않고서 물들어버린 개개인의 심적 질서가 된 미의식의 리듬이라고 한다면, 이는 일대 사상이라 불러야 할 정도입니다. 자연을 사랑하여 금방이라도 감정이입이 가능한 그런 일본인의 정감이 과다한 감수성은 관련을 맺기보다는 바라보고, 깊이 비평하기보다는 감상하는 방관자적인 기풍이 뿌리내리는 데 유효하게 작용하고 있다고 저는 보고 있습니다. 그런 기풍을 밑바탕으로 해서 일본의 시적 서정성은 이어져 왔으니 사회의 동향이나 자기 응시라고 하는 활동적인 문제의식은 시라는 형태로는 좀처럼 익숙하지 않아 이상합니다. 대세로 기울지 않고, 권위에 알랑거리지 않고, 정의라 일컬어지는 것을 통째로 삼키지 않고, 간과되고 소홀히 여겨지는 것에 시선이 가며, 익숙한 것이 마음에 걸리는 사람. 제게는 그런 사람이 시인으로, 그 시인이 구석구석에 점재돼 있는 나라, 골목길 서민들의 연립주택이나, 촌마을, 학교, 직장에 슬며시 그런 시인이 살아가고 있는 나라야말로, 제게는 가장 아름다운 나라입니다.

시는 쓰이지 않고도 존재한다
나의 "일본어를 향한 보복"이 깨닫게 한 것

　일본에서는 '종전의 날'이라고 불리는 '해방의 날' 8월 15일도 올해 여름으로 77회가 지났습니다. 길다고 하면 긴 인생의 전반기와 후반기도 거의 끝나가고 넘칠 정도로 세월이 멀어져 갔음에도 "나는 무엇으로부터 해방된 것인가"라는 자문을 지금까지도 반복하고 있습니다. 그런 저는 다른 이들의 눈에 꽤나 혼미함 속에서 살아가는 사내로 보일 듯합니다.

　저는 어째서 이토록 자신의 해방에 구애돼 살고 있는 것일까요? 예전부터 일본에서 살아온 사람으로서 그런 질문은 어떻게 독립적인 '조선인'이 될 것인가를 스스로 확인해야만 하는, '재일在日'의 삶을 사는 저와 이어집니다. 제 주변에는 아무런 검증을 거치지 않고, 민주주의 엘리트가 된 분들이 본국한국에도 일본에도 가득 있음을 잘 알고 있기에 그렇습니다.

　다시 말할 필요도 없는 일지만 말과 언어는 바로 그 사람의 의식이기도 합니다. 사람은 말로 일체의 사물을 판단하고 분석하며 새로운 방책을 고안해 냅니다. 어두운 밤에 켜진 한 줄기 빛처럼, 말이 미치는 범위가 바로 그 사람에게 보이는 세계의 안쪽입니다.

저는 17살 여름에 8월 15일의 해방과 만났습니다. 정확히는 '해방'이 저를 덮쳐 왔습니다. 스스로 원해서 맞이한 해방이 결코 아니었습니다. 본토 결전을 외치는 맹렬한 기세가 한창이었던 여름, 눈부실 정도로 맑았던 날의 정오 무렵이었습니다. 저는 그것이 너의 나라라는 말에 '조선'으로 기세 좋게 되돌아갔던 황국소년이었습니다. 그야말로 하늘이 뒤집어질 정도의 충격이었습니다. 그 정도로 저는 자신의 나라는 물론이고 동포와 민족을 알지 못했던 것뿐 아니라, 자기 나라의 글자 한글의 '아야어여' 중에서 '아' 한 글자도 쓸 수 없는 신新일본인으로 자라난 청년이었습니다.

해방군으로서 열광적으로 환영을 받은 미군은 서울에 진주하자마자 해방된 남쪽 조선에 군정을 실시하고, 그들의 진주 직전인 1945년 9월 6일, 이미 자주독립을 선포한 조선인민공화국의 수립을 부정하고, 신정부의 기반 조직인 조선인민위원회의 민중 활동까지 금지시키는 등, 민중의 약동하는 움직임을 강압적으로 억누르려 했습니다. 그 결과 들불처럼 퍼진 항의 데모가 전국 규모로 확대되기 시작했습니다. 놀란 미군정청은 식민지 통치하에 발호했던 친일 극우 단체를 민중과 대치시켰습니다. 또한 조선총독부 관리공무원의 직무 복귀를 발령해 그 사이 민족반역자라는 추궁을 피하고 있던 법조계 요인, 경제계, 언론계, 교육계, 문화계, 문학예술계의 거물들을 식민 시기 그대로 복귀시켜, 민중의 기대는 순식간에 도로 아미타불이 됐습니다. 주인이 바뀌었을 뿐인 한여름의 해방이었습니다. '반공'만이 유일한 명분으로, 그 '반공'이 둘도 없는 정의의 신조를 대신해 갔습니다.

남·북조선의 분단을 고정화하는 단독 선거에 반대해서 봉기했던 인민 항쟁 부대의 말단에 있었던 저는, 피투성이인 '제주4·3'의 끔찍한 기억을 가슴 밑바닥에 간직한 채 구사일생으로 일본에서 인생의 대부분을 보내 왔습니다.

저는 무엇으로부터 해방돼 일생을 일본에서 인연 깊게 보내고 있는 것일까요. 황국신민이었던 자신을 제대로 밝히지도 않은 채, 결별했을 터인 일본어에 거듭 구애돼 주눅 들지 않고 옛 종주국인 일본에서 시를 쓰며 살아간다는 것은 어찌된 일인지요.

다시 한 번 확인하고자 합니다. 언어는 의식의 밑천입니다. 제 의식의 밑바탕을 만들어낸 언어가 제게는 식민지 종주국의 언어인 일본어였습니다. 게다가 제게 찾아온 식민지는 가혹한 물리적 수탈이 아니라, 친근감이 담긴 부드러운 일본의 노래, 소학창가小學唱歌나 동요, 서정가抒情歌로 불리는 그리운 노래였으며, 탐독한 근대 서정시의 정감도 기분 좋은 리듬이 돼 스며들 듯이 내면에 눌러앉았습니다. 때문에 제 감성이나 정서는 일본어 토양에서 자라난 것입니다.

저는 동요를 알지 못합니다. 누구나 지순하게 떠올리는 유년 시절의 노래가 제게는 없습니다. 그 대신 일본의 전시戰時 가요나, 소학창가 등이 남아 있습니다. 조선의 풍토 속에서 빰이 터질 듯이 소리 높여 불렀던 노래가 그대로 제가 품고 있는 일본입니다. 아니, 그것이 제 식민지입니다. 식민지는 제게 그처럼 친절한 일본의 노래와 함께 찾아왔습니다.

제게는 음절을 7·5조일본 시가의 음수율로 7·5절로 구성된 구 뒤에 5음절의 구를 이은 것을 단위로 반복하는 어조를 말한다로 갖추려고 하는 습관이 언어의 법칙처럼 눌러앉아 있습니다. 제 소년기의 감상이나, 청춘의 치솟는 다감한 정서 모두 5·7·5 음률이 빚어낸 정감의 유로流露입니다. 때문에 제게는 음조가 잡힌 음수율音數律 없이는 시가 아니었습니다. 침범하는 측의 교만을 지니지 않은 그 '노래'가 식민지 통치하의 조선에서 식민지 통치를 완전한 것으로 해나갔고, 있는 그대로를 있는 그대로 계절 정서를 풍양하게 노래하는 정형 음률의 시가 더할 나위 없는 '시'가 돼 자연스럽게 제 안에 눌러앉았습니다. 그렇기에 저는 내재화된 서정에서 도망칠 수 없었습니다. 질질 끌고만 살 수는 없기에 마주 보고 있을 뿐입니다. 제게서 무엇보다 먼저 떼어내야만 했던 것으로 일본의 단시형 문학, 그 중에서도 일본의 국민시로 불리는 단카와 하이쿠가 있었기 때문이기도 합니다.

명확한 일입니다. 일본어로 시를 쓰는 제 해방은 다감한 소년기를 왜곡시켜 키운 일본어의 다감한 음률과 서정이라고 불리는 공감의 규합에서 벗어나는 일이었습니다. 제 재일은 유창한 일본어로부터 등을 돌리는 것에서 시작됐습니다. 누가 읽어도 더듬더듬 읽어나갈 수밖에 없는 일본어 문장 표현을, 저를 키운 일본어를 향한 보복으로써 몸에 익혔던 것입니다. 완고할 정도로 제 일본어가 딱딱한 것도, 조금이라도 방심하면 원래의 일본어로 되돌아 가버릴 듯한 자신이 언제나 그곳에 있었기 때문입니다.

시간이 흐른 뒤 알게 된 것이지만 제게 찾아온 '해방'은 실제로는 한나절의 해방이었습니다. 그날, 1945년 8월 15일 오전 내내 황국신민이었던 저였습니다. 8월 15일의 앞부분은 해방 이전의 저였던 겁니다. 태양이 바로 위에 온 것을 정오라고 하는데, 그때도 발밑에는 북쪽을 향해서 작은 그림자가 드리워져 있었습니다. 그것을 남중南中이라고 합니다. 저는 그 자리에 서서 그림자를 품고 있던 남중 사내라 할 수 있습니다. 그 그림자에 잠재해 있는 저야말로 '해방'을 치장하고 있는 자신일 겁니다.

문장어로서의 일본어에 일찍이 분별이 생긴 저였지만, 심정의 미묘한 감각이라고 해야 할지 본원적인 감성을 감정하는 것은 꽤나 품이 들었습니다. 널리 '서정'이라고 불리는 시의 근본과 관련되기 쉬운 것을 말하고 있습니다. 일반적으로는 마음에 스며드는 것, 정감을 미묘하게 흔드는 것 등이 '서정'을 인식하는 공통된 생각이며 일본만이 아니라 본국인 한국에서도 시집을 평가할 때 곧잘 "서정적이다"라는 찬사가 붙는 것을 봅니다. 그 정도로 '서정'이라 불리는 것은 모두에게 공통되는 심정 질서인 양 공유되며 널리 퍼져 있습니다. 정감과 서정을 구분조차 하지 않고 있으니, 솔직히 말하자면 그것은 서로 의좋게 지내는 감정이라고 해야겠지요. 따라서 비평이 개입할 여지가 없습니다. 그보다도 우선 비평이 접근하는 것을 허용하지 않습니다.

일본 동요나 서정가로 불리는 노래는 과장 없이 심정에 스며드는 좋은 노래입니다. 그처럼 친근하면서 셀 수 없이 많은 노래를 생산한 것은 세계적으로도 유례를 찾아보기 힘들 겁니다. 그런 만큼 항상 다르게 생각해 볼 수 있는 지점이 제게는 있습니다. 그것은 서정과 관련된 문제와 겹쳐지는 것으로, 그토록 상냥한 노래와 가사를 지닌 시에 둘러싸여 생활하고 있는 사람들이 어째서 15년전쟁에서 보듯이 주변국을 침략하는 전쟁을 찬성하고, 그토록 무자비한 행위를 했던 것일까요. 노래라는 것은 본래 그처럼 자신을 되돌아볼 일이 없는 정감이었던 것일까 하고 말입니다. 전쟁 틈에, 특히 해 질 무렵이나 한밤중이 되면 일본군 병사도 가족을 생각하고, 고향을 그리워하며 익숙한 '서정가'를 흥얼거렸을 겁니다. 그러면서도 타자, 즉 침범을 당하는 쪽의 슬픔에는 조금도 공감을 하지 못했습니다.

역시 노래는 정감의 산물인 듯합니다. 많은 일본의 시인들도 또한 심정의 미묘한 부분을 시의 주조로 삼았습니다. 그러한 정감이 공통된 시적 감각이 돼서 '서정'이라는 정감의 총화를 널리 퍼트려 갔습니다. 그렇기에 비평은 그러한 '서정' 안에 뿌리를 내려야만 한다고 저는 계속 생각하고 있습니다.

현대시는 정감보다도 사고를 가시화하는 것에 주력합니다. 마음이나 생각은 눈에 보이는 것이 아니지만, 그것을 마치 눈에 보이는 것처럼 공간에 떠오르게 하는 겁니다. 언어는 본래 생각이 가득 담긴 말일수록 물체의 형체로서만 표현됩니다. 일상 언어는 바로 이해해 받아넘기는 언어이므로 듣는 이의 상상을 부풀어 오르게 하거나, 사고력을 발휘하는 것을 기대할 수 없는 방편의 언어입니다. 기쁘고, 슬프고, 괴롭고, 힘들다고 했을 때, 그 용어 자체가 심정을 나타내는 언어이므로 그것만으로 이미 충분합니다. 끓는 물을 마셨다^{배반당해 호되게 당했다}던가, 명치에 돌이 걸린 것 같다는 등의 비유법은 예부터 실생활 속에서 사용된 언어의 지혜입니다. 이는 물체의 형태를 취해서 표현하는 화자, 표현자의 실감입니다. 요컨대 비유된 물체에 근거해 심정이 눈에 보이게 됩니다. 사고의 가시화라는 현대시의 방법도 쉽게 말하자면 이와 같은 겁니다. 생각을 느끼게 하는 것보다 보이게 해서 묘사하려 하는 것이니 정감을 쏟는 것만은 필사적으로 피하게 됩니다.

예를 들어, 특별히 사적인 정감 어린 시정詩情에 시적인 정감을 배워온 시인들이 급기야 미국과의 전쟁에 이르러서는 '팔굉일우八紘一宇'(팔굉이라 함은 사방사우四方四隅, 즉 전 세계를 말하며, 일우는 하나의 집을 의미합니다. 이를 합치면 세계는 하나의 집으로, 그 집의 가장이 천황이라고 하는 국수주의 사상을 표현한 겁니다)라는 국위 발양에 아주 쉽게 신국神國 일본의 '성전聖戰' 완수를 스스로 나서서 소리 높여 노래했습니다. 천황 중심의 광신적인 정신주의를 향한 비판이 제2차 세계 대전 이후 서구에서 일어난 천주교주의에서 보듯이 정신주의에 대한 비판을 일으킨 현대예술 사조와 마찬가지로 읊기보다는 묘사하는 사고의 가시화를 이끌어냈습니다. 이는 시적인 미美가 보여준 시대의 필연적인 추이라고 할 수 있습니다. 주정적인 정감에서 떨어져서 한층 유로하는 율동에 귀를 기울이고, 응시합니다. 그러한 의지를 담은 비평이야말로 현대시인이 찾아내야 하는 '서정'입니다. 일본어를 향한 저의 보복이 마침내 도달한, 제 의지의 도달

점이기도 합니다.

하는 김에 부언합니다. 시의, 시인의, 더 나아가서는 인간 사상의 낡고 새로움은 서정의 성질에 따라 구분됩니다. 현대시를 쓸 요량으로 있으면서 사실은 근대시의 영역에 머물러 있는 서정적인 사람은 여전히 많습니다. 단카나 하이쿠도 서정이라는 측면에서 보자면 현대시와 비교해 차이가 명확히 보입니다.

선거 지원 유세 중에 총에 맞아 사망한 아베 신조 전前 일본 총리의 '국장'을 둘러싸고 일본은 현재 여론이 둘로 분열돼 있는데, 아베 씨는 총리 재임 당시에도 허위로 백여 회에 걸쳐서 국회에서 답변을 한 것으로 알려져 있습니다. 그럼에도 국정 선거일이 되면 아베 씨가 이끄는 여당이 압도적인 승리를 거두었습니다. 일본인의 공통된 감각으로서의 자연 찬미가 아름다운 일본을 상찬한 아베 전 총리의 정치 신조와 공명하고 있는 것이 아닌가 하는 기분이 저를 떠나지 않습니다. 일본인 대다수도 단카나 하이쿠에 보통 이상의 감정을 느끼며 정권 여당에 투표한 사람도 그런 사람들일 가능성이 높습니다. 서정이나 정감이라는 것은 그 자체로는 개개인의 체감적인 리듬이며 감정이 준동이므로 타인이 관지關知할 수 없는 것입니다만, 그럼에도 그것이 예정 조화적인 총화인 양, 모두에게 의식되는 일 없이 스며들어서 개개인의 심정 질서로 자리 잡았다고 한다면, 그것은 이미 하나의 일대 사상이라고 불러야만 할 정도의 중대한 일입니다.

자연을 사랑하고 금방이라도 감정 이입이 가능한 일본인의 미덕처럼 여겨지는 감정 과다한 감수성은 관련되기보다는 바라보며, 깊이 있게 비평하기보다는 감상하고 맛보는 식의 방관자적인 기풍을 뿌리내리게 하는데 유효하게 작동하는 감정을 쉽게 만들어내고 있습니다. 그러한 기분을 밑바탕으로 일본의 시적 서정은 계승되고 있으며, 사회의 동향이나 자기 응시 등의 활발한 문제의식은 시의 형태로는 좀처럼 익숙하지 않는 이상한 것으로 인식되고 있습니다. 일본에 막 왔을 때 제게 나침반과도 책으로 오노 도자부로小野十三郎의『시론詩論』이라는 책이 있습니다. 이 책에는 시적 행위라는 익숙하지 않은 의식 지향에 관한 짧은 챕터가 있습니다. "맥 빠진 따분한 시간일 뿐인 일상생활의 바닥에 보이는, 항상 있는 저항의 자세"가 자신의 범속함을 물리치는 평상시의 시적 행위라는 겁니다. 적어도 자의恣意적인 뜻하지 않는 사념·관념이 불러일으키는, 혹은 그려냈다고 보는 자신의 심정 표출만으로는 시대적 / 사회적 동향으로부터 점점 더 멀어지는 표현자가 됩니다. 시적행위는 실로 자기 자신에게 깃들기 쉬운 시적인 미를 향한 반발이며, 반골의 비평인 것입니다.

이것이 시다, 휴머니즘이다, 민주주의다라고 생각하고,

사고하는 것의 내실을 의지적인 행위, 사회와의 겹쳐짐을 의식하는 행위에 비추어내고 부정해 갑니다. 그런 가운데에서만 시를 창조하는 행위는 존재합니다. 어찌되었든 시를 어떻게 생각하든지 대상에 대한 관심이 엷어지고 자신의 존립만이 주가 되었을 때 사회의 실상을 질적으로 향상시키고 풍양하게 만들려고 하는 우리의 사랑 또한 똑같이 희박해져 갑니다. 우리는 조금 더 자기 주변의 것, 더 나아가서는 변동하는 시대, 준동하는 사회 상황에 관심을 기울여야 합니다. 일본이 경제적으로 윤택하고 소비 물자가 넘쳐나면 날수록 그 윤택함 밑바닥에 시는 비평의 추를 가라앉혀야 합니다. 경제대국에 사니 우리가 혜택을 받고 있는 것이 아니라 넘칠 정도의 윤택함으로 인해 오히려 피폐해지고 황폐해져 가는 사람도 가득 있음을 알아야 합니다. 아무리 널리 퍼져나가도 빛은 암흑의 표피에서만 뛰어오릅니다. 그러므로 시는 성실하고 소박하게 살아가는 사람들 측에 있어야 합니다. 이를 저해하는 모든 것과 응당 마주봐야만 합니다. 그러므로 시는 대저 언어만의 창작이라고 한정할 수 없습니다. 그렇게 살아가려 하는 의지력 속에야말로, 그렇게 돼서는 안 되는 것을 향한 비평이 숨쉬고 있습니다. 그 자체가 이미 시라 해도 좋으며 그 비평을 언어로 발화할 수 있는 사람이 시인이기에, 시는 좋든 싫든 현실 인식의 혁명입니다.

일상에 익숙해져서 완전히 무지러진 언어로부터 탈피
하고 쇄신해야 합니다. 그 사고를 영위하는 것이야말로 이
미 현실을 새롭게 바라보는 것과 이어집니다. 주어진 그대
로 있을 수 없다고 생각하는 마음의 시적 행위이기도 합니
다. 그러한 사물 인식, 사고가 좋아하든 말든 현실 인식을
바꿀 수밖에 없게 만듭니다. 이미 성립된 정의조차 의심하
며 선악과 미추를 즉각적으로 판단하지 않으며 대다수가
쏠려가는 지점으로부터 이탈한 인간. 대부분이 찬동하며
흥겨워하는 것에는 머쓱해하며 감격의 눈물을 흘리는 많
은 사람들의 그늘에서 홀로 웃음을 짓는 사람. 결코 심술
쟁이가 아니며 평소에는 어느 누구보다도 사람이 좋으며,
유연하게 반골적인 기골을 숨기고 있는 사색하는 사람. 이
는 아무리 입장이 달라도 시를 살아가는 사람이 지닌 공통
된 자질입니다. 아니, 그렇게 해야만 하는 성정입니다.

저는 지금 '기조 강연'을 위해 원고를 쓰고 있는 중입니
다. 일본어와 얽힌 것과 관련된 꽤나 비판적인 논조지만,
결코 논평을 하기 위한 글은 아닙니다. 식민지의 황국소년
이었던 저는 천지가 뒤집어지는 듯한 8·15해방을 맞이해
서, 살아갈 방편으로서의 일본어와 인연이 뚝 끊어졌다고
생각했는데 몇 년 지나지 않아서 다시 일본어에 발붙이고,
그러한 일본어를 써서 자신의 존재를 드러내는 삶의 방식
을 취해 온 것에 대해 독백할 요량의 논증입니다. 기술한

모든 것이 그렇게 해서는 안 되는 저의, 또다시 빠져들어서는 안 되는 일본어를 향한 계율을 악착같이 모색해온 자로서 "일본어를 향한 보복"의 발자취입니다.

저는 일본에 온 이래 일본어 시의, 아니 일본 시단이라고 해야 할 것 같습니다만, 일본 시의 권외에서 생활해 왔습니다. 헤이트스피치에 가까운 각각의 인종, 민족의 존엄을 훼손하는 움직임이 공연히 일어나고 있지만 일본 시인 대부분은 이를 자신의 창작과는 아무런 상관도 없는, 어딘가에서 벌어진 언쟁 정도로 인식하고 있습니다. 그뿐만이 아니라, 전전·전후를 통해서 무권리 상태를 강요당해 온, 정확히 말하자면 1970년대에 이르러 재일조선인의 시민적 권리도 눈에 보일 정도로 개선되기는 했지만 그럼에도 '조선인'을 향한 멸시 의식은 의식하지 않는 의식이 되어 일본인 대다수의 시민 감정 속에 숨쉬고 있습니다. 요컨대 그렇게 차별이나 분쟁과는 관련이 없는 사람들끼리 창작을 하고 시를 쓰는 관계 안에서 저는 이곳에 있지만 일본 시의 권외에 있는 자일 수밖에 없습니다.

솔직히 말하자면 실감을 잃은 시가 지나치게 많습니다. 게다가 인텔리가 아니라면 읽을 수 없는 시도 많습니다. 추상은 실감이 승화해서 이르는 관념인데, 처음부터 추상을 넣기로 작정한 관념적인 시가 현대시의 화려한 존재인 양 통용됩니다.

시 독자만이 아니라 제가 쓰는 시가 일본 현대시로부터 멀리 떨어졌다는 것도, 그러한 표현을 내재한 시와의 차이 때문이라고 생각합니다. 현대라는 시대의 복잡함 속에서 인간의 사고가 굴절되는 현상은 저 또한 이해할 수 있지만, 아무리 그렇다 해도 일본 현대시는 복잡한 것을 그저 지나치게 복잡하게 표현하고 있습니다. 그렇지 않으면 본래 단순한 것도 복잡하게 다시 그리고 있다고 하는 편이 맞을지도 모르겠습니다.

그럼에도 시는 사람들의 마음속에 심정의 주름처럼 접혀 있습니다. 그 주름 자국이 펴질 때를 시는 오히려 기다리고 있습니다. 무엇을 느꼈을 때 심정의 주름이 펴질지는 개인적으로 차이가 있기에 일률적으로 말할 수 없지만, 대체적으로 사람들의 마음을 사로잡는 것은 심정에 스며드는 것, 상쾌한 서정적인 느낌, 아름다운 정경 등일 것입니다.

실제로 시는 그러한 것이기도 합니다. 그처럼 감득되는 것 안에 시가 내재해 있음은 틀림없습니다. 그와 같은 수용 방법이나 감지하는 방식에 공통되는 것은 시에 대한 흔들림 없는 신뢰입니다. 설령 시를 쓰지 않는 사람이라 해도 시를 좋아하는 마음은 마찬가지입니다. 누군가로부터 배웠던 것도 아닌데 '시'를 향한 호감은 인류의 공통된 의식처럼 널리 퍼져 있습니다. 그때 시는 아름다운 것, 거짓 없는 것, 사람의 심정을 보듬어주고 감정을 온화하게 승화시키는 것, 좋지 않은 것 그렇게 돼서는 안 되는 편에 절대로 가담하지 않는 것이라는 신뢰가 인류에게 전승된 것처럼 계승되고 있습니다. 따라서 시는 감동의 본바탕이기도 합니다.

우리가 그림이나 음악, 연극, 무용, 영화를 접하고 감명을 받고서 무언가가 씻겨 내려간 듯한 카타르시스를 느끼는 것은 결국 그 예술을 만든 사람의 시에 감명을 받았기 때문입니다. 그렇게 보자면 시란 뜻밖에도 보편성이 있습니다. 요컨대 시는 시인만이 독점하는 것이 아닙니다. 시인은 어쩌다 언어로 시를 쓰고 있음에 지나지 않습니다. 사람은 모두 각자 자신의 시를 품은 채 살아가고 있습니다. 요리를 하며 평생을 보내는 사람이 있는가 하면, 보선공으로 생애를 마치는 사람도 있으며, 관리직은 거들떠보지 않고서 당당하게 아이들을 챙기면서 정년에 도달하는 교원도 있음을 저는 알고 있습니다.

시의 언어는 뚝심 있게 의지를 품고 살아가는 사람, 그러한 삶이 있음을 알고 사람들과의 연대를 바탕으로 행동하며 참가하는 사람에게 깃들며, 시는 그에 걸맞은 언어를 움트게 하고 타자와 겹쳐져 살아가는 시를 이들에게 베풀어 줍니다. 목구멍까지 치밀어 오르는 마음을 언어로 표현하지 못해서 어물거리는 경우도 헤아릴 수 없이 많으며,

그보다 인간이 살아가는 것은 원래 그렇습니다만, 그렇게 목구멍에 막혀서 나오지 않는 말 정체돼 응어리진 마음을 실을 뽑아내듯이 표현해내는 언어력, 그것이야말로 언어로 쓴 시입니다. 따라서 시를 쓰는 사람, 언어를 구사하는 사람의 책무는 자신의 생각은 반드시 그 밖의 많은 사람이 생각하고 있는 것이기도 하다는 자각을 소홀히 하지 않는 것입니다. 요컨대 자신도 대중의 한 사람이므로 많은 사람들의 생각을 필연적으로 품고 있다고 생각해야 합니다. 주위를 보면 자신을 위해서 시를 쓴다는 사람이 종종 있습니다. 확실히 그렇기는 하지만, 주위 사람들로부터 떨어져 살아가는 것이 아닌 이상, 많은 사람들과 연결된 것을 부정할 수는 없습니다. 그러므로 시인은 불가분하게 타인의 삶을 나누어 가진 존재입니다.

시는 인간의 본성에 뿌리 내리고 있는 미입니다. 그러므로 시를 자각하게 되면 부당한 것을 가장 증오하는 인간이 될 수밖에 없습니다. 인간이 인간으로 살아가려 하는데 그 길이 닫혀 있을 때가 왕왕 있습니다. 일본국 헌법은 최소한의 문화적 생활을 사람들에게 보장하고 있지만, 도쿄에서는 아사해서 한 달 동안이나 발견되지 않은 부부가 있었습니다. 이토록 풍요로운 나라에 풍요롭지 않은 것이 오히려 더욱 크게 존재하고 있습니다. 빛의 세기가 강하면 강할수록 그 뒤에 있는 어둠의 깊이는 깊습니다. 가장하고 있는 것에 신경이 쓰이고, 사람들이 신경조차 쓰지 못하는 것이 걸려서 어쩔 줄 모르는 거리 어딘가의 사람. 시가 기다리고 있는 것은 바로 그런 사람입니다.

현재 난숙한 경제대국 일본 안에서 시는 오히려 소홀한 대접을 받는 운명에 처해 있는 것인지도 모릅니다. 황국소년이었던 제 가슴 속에 깊이 똬리를 틀고 앉아있는 일본은 현재 오로지 전전으로 회귀하는 경사로 치닫고 있습니다. 조국이 해방되는 것조차, 자신에게는 해방이 아니었던 '종전'을 살아온 저는, 그러한 위태로움을 온몸의 기억으로 젖혀내고 있습니다. 다시 질질 끌려가는 자신이 되지 않기 위해서라도 저의 '해방'은 자신을 향한 반문을 더욱더 뜨겁게 해야 할 듯합니다. 설령 여로의 끝에 서 있는 저라고 해도 그렇습니다. 오늘 개최된 제4회 아시아문학페스티벌의 주제는 '잃어버린 얼굴을 찾아서'입니다. 그 주제에 준해서 본다면 제 경우는 8·15 조국 해방조차도 자신의 해방이 아니었으며, 그저 숨기기만 했던 저의 "잃어버린 얼굴"에 해당될 겁니다.

소중한 무언가들이 엮어 내는
지도를 위해서

오세종 류큐대학 교수

1

　2011년 3월 11일 14시 46분에 발생한 동일본대지진은 도호쿠東北 지방 태평양 앞바다에서 발생한 지진과 그에 따른 후쿠시마 제1원자력발전소사고에 의한 대규모 지진 재해이다. 정식 명칭은 '2011년 도호쿠 지방 태평양 해역 지진'. 재해 관련 죽음을 포함해 사망자 19,759명, 행방불명자 2,553명, 부상자 6,242명을 기록한 미증유의 대참사를 초래했다. 원자력발전소가 치명타를 입었기 때문에 아직도 귀향을 하지 못할 정도로 방사선 오염이 계속되는 지역이 있으며, 한국과 중국 등의 반대에도 불구하고 일본 정부가 '오염 처리수汚染処理水'를 바다에 방출하는 등 국경을 넘어 재앙이 계속되고 있다.

　하지만 이런 절망적 상황조차 '부흥'의 이름으로, 혹은

후쿠시마 원전사고의 노골적인 수식어로 인해 참사는 이미 끝난 것처럼 취급되고, 잃어버린 고향이나 생명 그리고 사람들의 기억도 계속 표백되고 있다. "힘내라 동일본がんばれ東日本"이나 '유대絆'를 강조하는 정서적 슬로건이 그러한 표백을 지탱하기도 한다.

김시종 시인 자신도 지진 피해를 입은 사람 중 한 명이다. 이 시집에 수록된 「「마르다」에 부쳐」로 쓰여 있듯이 시인은 『잃어버린 계절失くした季節』2010이 다카미 준상高見順賞에 뽑혀 신칸센을 타고 시상식 장소로 향하던 도중에 지진과 조우했다. 몇 시간 걸려 어떻게든 도쿄역까지는 도착했지만 시상식 자체가 다음 해로 연기되고 만다. 이는 이 시집에 수록된 「등은 뒤돌아볼 수 없다」에 묘사돼 있다.

2018년 출간된 김시종의 『배면의 지도』는 바로 일본 도호쿠지역에서 발생한 미증유의 참사를 직시하는 시집이다. 지진 재해로 잃어버린 생명, 인간이 제어할 수 없는 핵기술이 가져온 고향 상실, 거대한 망각 속에 살아나가는 사람들을 기록한 시집이다. 수록된 작품도 한 편을 제외하고 동일본대지진 이후에 창작된 것이다. 지진 재해 직전에 쓴 유일한 시인 「창문」도 다시 읽어보면 마치 지진 재해 이후를 예감하는 것 같은 내용이다. 일어나 버린 사건을 바라볼 수밖에 없는 위치에 있는 '우리'의 위치를 시사한다고 볼 수 있다.

2

이 시집을 읽을 때 늘 돌아가야 할 말은 위에서 언급한
「『마르다』에 부쳐」와 「후기」에 있다.

　"(…중략…) 기억에 스며든 언어가 없는 한, 기억은 그저
흔적에 지나지 않는다." (…중략…) 어떻게 하면 "기억에 스며
드는 언어"의 실을 잣을 수 있을 것인가.

—「『마르다』에 부쳐」 부분

　방사능 오염이라는 통상적인 생활에서는 맞닥뜨릴 일 없
는 인공적인 재앙에 쫓긴 사람들의 분노와 곤혹스러움의 밑
바닥에서 빚어진 인간적인 슬픔을 내 것으로 삼겠노라고 진
심으로 바랐던 것이었다. (…중략…) 인간의 마음을 참말로
얽을 수 있는 시가, 쓰고 싶다.

—「후기」 부분

　40여 년 전 김시종은 「입 다문 말—박관현에게噤む言葉—
朴寛鉉に」 『광주시편(光州詩片)』에서 "가끔 말은 / 입을 다물고 빛을
띨 때가 있다. / (…중략…) / 의식이 뚫어지게 바라보기 시
작하는 것은 / 겨우 이때부터다"라고 새겨넣었다. 위 두 인
용문은 잃어버린 목숨이나 돌아가야 할 고향을, 혹은 역사

를 응시해온 시인의 자세가 식민지 지배나 4·3항쟁, 광주 민중항쟁 등에만 그치지 않는 보편성을 지니고 있었음을 일깨워준다. 사람들의 '마음'이 웅크리고 있는 곳에 말을 전하고자 했던 김시종의 고투가 그 시와 사상을 보편화시키고 있었던 것이다. 물론 '마음'을 표현하는 것의 어려움도 이 시집은 충분히 전달한다. 그 어려움 생활 속에서 '마음'을 전달하기 위해 설정된 것이 '배면'이라는 형상이다.

3

시집 모두에 놓인 「서문」을 보자. 도호쿠 산리쿠해안三陸海岸이 "혼슈의 배면本州の背中"이라고 표현되어 있음을 알 수 있다. '배면'은 일본을 신체적 이미지 아래 총체적으로 보여준다. 지질이나 지형에 착안해 일본열도를 통째로 총체화하는 시점이라면 장편시집 『니이가타』1970 첫머리 "포사마그나Fossa Magna"에 관한 언급을 상기해도 좋을 것이다. 지질학자 에드문트 나우만Heinrich Edmund Nauman가 발견한 그것은 일본을 북과 남으로 나누는 거대한 도랑이다. 김시종이 니가타에서 포사마그나를 언급한 것은 말할 것도 없이 한반도를 남북으로 분단하는 38선을 상기시키기 위해서지만 분단을 어떻게든 일본에서 넘어서겠다는 의지도 포함

돼 있었다.

　도호쿠 산리쿠해안을 "혼슈의 배면"이라고 신체적으로 총체화하는 『배면의 지도』의 경우는 어떨까. 신체로서의 표상과 더불어 염두에 두고 있는 것은 아마도 지형적으로 토끼 모양으로 일컬어지는 한반도와의 관계일 것이다. 토끼 모양으로 표상되는 한반도와 일본은 말하자면 토끼의 배면을 보이는 / 보는 관계에 있다. 다른 한편으로 「서문」은 도호쿠 산리쿠해안을 "돌아봐도 자신에게는 보이지 않는, 운명의 표식이 붙은 것과 같은 뒤쪽이다"라고도 표현한다. 동북아시아로 시선을 돌리는 일본은 스스로의 배면을 돌아보지 않고, 돌아본다고 해도 거기는 보이지 않는 채로 머무른다. 도호쿠 산리쿠해안 뒤로는 망망한 바다가 펼쳐져 있음을 감안한다면 '배면'은 일본을 뒤에서 보는 타자가 없었음을 깨닫게 한다. 즉 '배면'이라는 말은 일본을 신체화하고 총체적으로 파악하는 계기가 되는 동시에 일본 그 자체를 바라보는 사람이 부재했음을 시사한다. 일본은 일방적으로, 일방향적으로 보는 쪽이었고 거기에는 거대한 누락이 있었던 셈이다. 그렇다면 '배면'은 무엇인가, 김시종은 이 '배면'에서 무엇을 찾으려 하는가? 이것이 이 시집의 핵심적인 물음이다.

　'배면'이란 무엇인가를 생각할 때 김시종에 의한 오노 도자부로小野十三郎 사상의 계승과 격투를 중요한 논점으로 제시하지 않을 수 없다.

오노와 김시종의 만남은 그가 4·3항쟁에 가담해서 일본으로 밀항한 이후인 1950년 무렵이다. 김시종은 오사카에서 들른 헌책방 덴규天牛에 있던 오노의 『시론』1947을 손에 넣는다. 거기에 쓰여 있던 "고향이란 구마모토熊本라든가 신슈信州라든가 도호쿠東北라고 말하는 놈이 있다. / 나는 언제나 구마모토나 신슈나 도호쿠를 향해 복수復讐하고 있을 작정이다"라는 경구에 시인은 충격을 받는다. 식민지 조선에서 황국소년이었던 김시종에게 '고향'이란 감미로운 서정이 배양되는 곳이지 설마 '복수'할 대상이라고 생각조차 할 수 없었기 때문이다.

오노의 시적 방법은 도시 안에 있는 변방廢墟 등에서 그 중심을 조사照射하는 것이다. 말하자면 중심 안에 있으면서도 이질적인 장소에 서서 거기서부터 중심을 상대화하려는 방법이다. 이것이 오노가 말하는 복수의 기본적인 사고방식이다. '고향'도 마찬가지로 그 안에서부터 대상화하고 상대화해 나가는 것이 오노의 '복수'였고, 이를 위한 '단가적 서정의 부정短歌的抒情の否定'의 실천이었다.

위에서 인용한 오노의 글에 등장하는 '도호쿠'에 주목하고 싶다. 동일본대지진이 일어났을 때 김시종은 오노의 이 말을 상기했을 것이다. 물론 『배면의 지도』는 오노의 사상을 비판적으로 계승하기 위해 도호쿠를 끌어내는 것은 아

니다. 이미 말했듯이 "기억에 스며드는 언어"의 실을 잣고
자 하는 시도가 중심이다. 그러나 그 시도를 검토하기 위
해서도 오노와의 관계에서 이 시집을 '배면'을 축으로 해
서 정리하는 것은 『배면의 지도』 해석을 위한 기본적인 시
점을 우리에게 제공할 것이다. 이하 총 3부로 구성된 시집
을 간략하게 스케치해 보고 싶다.

4

　제1부 「파도 산 그 후」는 크게 말하면 파도에 휩쓸린 지
역의 모습을 적어 둔 파트로 볼 수 있다. 시 「아침에」를 들
여다보자. 양력 설날. 일본에서는 새해를 축하하는 텔레비
전 프로그램이 어느 방송국에서나 편성되고, 일본 제일의
높이를 자랑하는 후지산이 반복해서 나온다. 그러나 매년
되풀이되는 이 축제적 시간 속에서 김시종이 그리는 것은
도호쿠 어느 거리의 "녹슨 그네가 늘어진 채 / 삐걱대는 소
리조차 내지 않았다"는 광경이며, "조각상이 돼 고목 그늘
에" 있는 "사내"이다. 해가 가도 시간이 멈춘 장소가 있는
것을 흔들리지 않는 그네가 전달하고 그와 동시에 사람조
차 '조각상'처럼 흐르지 않는 시간 속에 갇혀 있음을 전한
다. 그곳에서의 시간은 고대까지 거슬러 올라가며 다른 양

상을 보여준다.

다시 돌아가지 못할 집이지만
덩굴 풀 자라고 꽃이 핀다.
풀고사리 무성한 중생대까지도
혹은 넘어야만 할 막막한 시간이
그 언저리에서 떠돈다.

　　　　　　　　　　　　—「아침에」 부분

　방사능 오염을 계속 뒤집어쓰고 있음에도 자연은 돌아온다. 『배면의 지도』에서 인상 깊은 것은 사람이 없어진 재해 지역에서도 자연의 섭리 아래 꽃이 피고, '무당거미', '붉은 게', '개' 등의 동물이 나타난다는 점이다. 그것은 한편으로 인간이 일으킨 인재와 관계없이 자연이나 동물들의 삶이 있음을 알려준다. 그러나 다른 한편으로 재해 때문에 그 지역 자체가 인간 세계로부터 격절된 '자연'으로 변화된 상황을 시사한다. 이 단절 때문에 파도가 쳐나간 후의 장소는 통째로 고대의 시간'중생대'까지 되밀려서 현대에 속하지 않는 "막막한 시간"으로 변한다. 요컨대 「아침에」는 새해라는 한해가 시작되는 뒷면에서 시간의 운동조차 개시할 수 없는 '자연'화된 장소가 있고, 그것이 일본의 '배면'인 도호쿠임을 제시한다. 일본열도 내의 이질적인 장소로서 도호쿠가 자리잡고 있다고 할 수 있으며, 바로 그 지점에서 오노의 사상을 계승한 흔적을 발견했다고 말해도 좋다.

태고의 시간으로 되밀려난 도호쿠이기는 하다. 하지만 다른 한편으로 그곳에서 살았던 사람들의 흔적 모두가 사라지는 것은 아니다. "판별할 수 없을 정도로 / 인간을 벗어난 시체"가 "유목"처럼 해변에 떠내려가기도 한다「애도 아득히」. 혹은 인간이 부재한 지역이기 때문에 승객을 확인하듯 돌아본 "버스 기사"의 얼굴을 '나'가 "동공이 없는, 그는 죽은 자다"「애도 아득히」라고 표현할 수 있음도 삶의 흔적이 그 장소에 감돌기 때문이다.

> 차창을 열어 들이마시고, 또 내뱉어도
> 빼앗긴 목숨의 행선지는 희미해서 보이지 않는다.
> 어지간히도 깊게, 죽은 자가 자신의 죽음을 매장한다.
> 시대가 뒤틀려서 몸부림칠 때만큼
> 사람은 신묘하게, 죽은 자가 없는 죽음을 애도한다.
> 애도함으로 갑자기 죽음을 묘석으로 바꾼다.
> 시체는 점점 더 속이 텅 비어간다.
> 죽은 자는 누구이며 나는 어떤 죽음의 누구에게
> 손을 모으고 있는 것일까.
>
> ─「애도 아득히」 부분

파도에 휩쓸려 행방불명이 되고 게다가 망각 때문에 거기에 있는데도 보이지 않는 허망한 사망자. 그러나 거리나 마을이 태고의 시간에 되밀려난다고 해도 사망자들의 마음은 그네나 유목 등을 통해서 계속 남는다. 무당거미나 붉은 게도 마음을 짊어지는 동물적 형상으로 남아 있을 것이다. "기억에 스며드는 언어"의 실을 잣을 곳은 바로 여기다. 나중에 말하듯이 희미하고 은은한 존재가 그 언어를 위한 단서가 된다.

그렇게 제1부는 멈춘 시간, 잠재하는 마음과 기억이 꽉 찬 장소가 바로 일본의 '배면'인 도호쿠임을 드러내고, 거기에 숨어 있는 자들을 살짝 시사한다. 그것들을 위한 말의 실을 잣을 때 고유의 시간이 다시 흘러나와 "다행스러운 섬"이라는 의미의 "후쿠시마福島, 도호쿠의 한 지역"도 부활할 것이다. 하지만 어떻게 하면 그것이 가능할 것인가? 시인은 이를 제2부 이후에서 모색한다.

5

제2부 「날은 지나고」에서도 계속해서 일본의 배면인 도호쿠 모습이 구체적으로 그려진다. 작품 「애가의 주변」이나 「다시 그리고 봄」 등이 그러한 묘사를 담고 있는 시다.

다른 한편으로 시간의 흐름에 따라 가속되는 풍화, 기억의
상실에 경종을 울리며 항거하듯 말이 새겨져 있기도 하다.

> 괴롭다고 해서
> 말뿐인 주장은 그만해주게.
> (…중략…)
> 슬픔인들 지쳐 끝내는 희어진다.
> 그럼에도 서성이는 슬픔을 응시하며
> 살아갈 수 없게 된 거리의 흰 새벽과 마주하자.
>
> —「희미해지는 날들」 부분

풍화나 망각은 일반적으로 기억이나 마음이 마치 어둠
의 영역에 미끄러져 떨어지는 이미지가 있다. 김시종의 시
에서도 그런 표현은 유사하다. 그러나 다른 한편에서 "끝
내는 희어"지는 것, 즉 투명화되어 가는 것 또한 풍화이며
망각과 직결된다. 어둠으로 미끄러져 간다는 이미지가 암
흑 속 어딘가에서 무언가가 도사려 숨어 있는 것을 상상하
게 하는 한편, 하얗게 되어 가는 것은 기억이나 생각이 무
화해 가며 생각에 닿게 하려는 의지를 꺾는다. '하얗게 되
다, 바래다, 흥이 깨지다白ける'는 무화인 동시에 흥이 깨지
는 것이기 때문이다.

다른 쪽에서 "하얗게"가 퍼져나가면 역설적이지만 약간

이라도 검은색이 두드러진다. 이 시집 제2부의 중요한 부분에서 '까마귀'가 등장하는 것도 "하얗게 되다"와 관련된다. 한 군데는 작품 「애가의 주변」의 마지막에서 "굶주린 흑수정의 까마귀 눈"으로, 「익숙해지고 바람에 날리어」의 거의 마지막에서 "갈 곳 없는 까마귀"로 등장한다. 김석범의 걸작 「까마귀의 죽음」을 염두에 두었을 '까마귀'는 투명화의 확산으로 인해 갈 곳을 잃었지만, 희어지지 않는 기억이나 삶의 흔적처럼 그곳에 있다. 그런 의미에서 검은색은 풍화에 노출되는 어려운 상황하에서 "기억에 스며드는 언어"의 실을 잣기 위해 탐색해야 할 표상이기도 하다. 한편 투명화되지 않은 표상으로 '바람'을 들 수 있다.

새해는 세월의 틈새를 말한다.
잊어버리는 것에 필적하는 것은 없다고
입을 다물고 있는 오래된 욱신거림.
그렇게 간과했던
본 적이 있는 기억의 앙금.
그 틈새로부터 틈새기 바람이 불어 오른다.

—「먼 후광」 부분

'바람'은 형체를 이루지 못하지만 느껴지는 무언가다. 인용에서 확인할 수 있는 것처럼 새해가 오고 지진 재해가 있던 3월이 돌아올 때마다 바람은 기억이나 잃어버린 삶을 상기시키려고 명확한 형태를 이루지 않은 채 우리에게 불어온다. 뚜렷한 형태를 갖추지 못한다는 것은 '바람'을 상실한 고향이나 생명의 외침 소리로서 파악할 것인지를 우리에게 위임하는 것에 다름 아니다. 그래서 바람은 우리가 들어야 할 목소리를 전달하며 동시에 그것을 떠내려 보내기도 한다. 마치 갈 곳을 우리에게 찾게 하듯이.

바람이나 까마귀 같은 은은한 것을 김시종의 중요한 용어로 바꿔 말하면 "가게로ゕゖろう"이다. 사전적으로는 명사이며 봄날 태양에 데워진 대지에서 생기는 불길 같은 흔들림을 가리키는 '아지랑이陽炎', 하루살이목 곤충의 총칭인 '부유蜉蝣', 잠자리의 옛 이름인 '청련蜻蛉' 등의 의미를 지닌다. 동사로서는 '(모습 등이) 조금씩 나타난다', '빛나다' 등의, 숨겨진 것이 약간 나타난다는 의미가 있고, 다른 한편으로 보이던 것이 '그늘지다'라는 반대의 의미도 있다. 명사든 동사든 김시종 시에서 "가게로"는 은은하게 느껴지는 것이 나타나거나 사라진다는 뜻으로 쓰인다. 이 시집에서도 예를 들어 「마르다」에서 "가게로"는 여러 의미로 쓰인다. 사람들의 생활이나 마음이 "태고의 황무지로 아지랑이 되어"나 "가시빛"에 지벌을 입히면서 "섬광에 캄캄해지는 흑내장의 여름을 뒤틀리게 하는" 등의 양상이 읽힌다. 요컨대 갈 곳이 없는 까마귀나 바람도 그런 "가게로"로 이어지는 시적 형상이다.

그렇게 양의적이거나 불안정함을 자아내는 "가게로"지만 중요한 것은 그것들이 사라진 사람의 마음과 살아 있는 사람의 마음도 도호쿠라는 장소와 함께 계속 상기시키려 한다는 점이다. 여기에 이르러 오노가 말하는 '복수'는 다른 양상으로 김시종 시 속에서 자리한다. 공간적인 중심과 주변 관계뿐만이 아니라 숨겨진 사건이나 사람의 삶을 시간 양상의 차이를 극복하고 부각시키려 하기 때문이다. 『배면의 지도』에 직접적으로 '복수'라는 말은 나오지 않지만 이러한 관점을 품은 시로는 「밤기차를 기다리며」가 있다. '배면'이란 무엇인가를 직접적으로 노래하는 작품이라고도 할 수 있다.

그곳에 아직 간 적도 없는데

어쩐지 소중한 무언가를 잃어버린 듯한 기분이 가시지 않는다.

밤이 올라치면 열차는 늘 산리쿠해안三陸海岸을 거슬러 올라가고

무인역에도 벚꽃은 예년과 같이 흩날리며

그곳에서 나는 또한

박눌한 누군가를 방치하고 있다.

특정한 누군가가 아니라

분명히 구별할 수 없는 사람인데

그럼에도 생생히 얼굴이 보인다.

(…중략…)

도호쿠는 결국 일본열도의 등줄기 부근에서 신음하고 있
는데

그곳은 뒤돌아봐도 잘 보이지 않는

어두운 배면이다.

잊어버린 무언가가

수수께끼 암호처럼 달라붙어 있다.

— 「밤기차를 기다리며」 부분

　가본 적도 없는데 누군가의 얼굴이 생생히 보이는 소중
한 곳. 잘 알지도 못하면서도 분명한 곳. 바람이 휘몰아치
고 암과 명, 삶과 죽음이 나타나고 숨기 때문에 그것들을
부각시키기 위해 시가 필요한 곳. 이것이 바로 김시종의
'배면'이다. 따라서 공간적으로 보기 어려운 '배면'이란 시
간적으로도 불가시화된 것이 숨어 있는 장소이기도 하다.

　그런 장소를 시간적으로도 가시화하기 위해 김시종이
주시하는 것은 바로 '조각'이다.

6

　제3부 「재앙의 푸른 불은 타오른다」에서 전경화되는 것은 '조각'이다. 밥그릇이거나 인형이거나 가옥의 기둥이거나 생활과 함께 있던 자연과 동물 등이다. 단순한 파편이 아니라 삶을 시사하는 무언가가 조각이다. 그러한 조각이 안고 있는 삶의 흔적을 시인은 응시해 간다.

　　역시 봄은 그럼에도 찾아와서
　　피기 시작한 완두콩꽃이
　　기울어진 펜스 그물코 한 면에 얽혀 있다.
　　쉽게 떠나지 않겠다는 듯

　　　　　　　　　　　　　　　　　　　—「바람 속」 부분

　　이제 기다리는 사람도 없는 시내에서
　　그럼에도 고양이가 거기에 있었던 것은 아마도
　　무언가의 기척이 아직도 툇마루에서 따스웠기 때문일 겁니다.

　　　　　　　　　　　　　　　　　　　—「고양이」 부분

배船는 연결된 채로 마을은 숨고

파도마저도 나른하게 물가에서 맥없이 주저앉았다.

—「후미가 작은 마을에서」부분

삶의 흔적으로 남아 있는 조각들은 앞서 말한 "잃어버린" "소중한 무언가"와 다를 바 없다. 그런 의미에서 조각은 '배면'의 부분적인 대리代理로 기능한다. 그렇다면 시집 제목인 『배면의 지도』에서 '지도'란 일본의 도호쿠 지방인 동시에 조각들이 엮어내는 삶의 흔적이 담긴 네트워크이기도 하다. 투명화에 항거하여 부상시키고 물들여야만 하는 지도로서 말이다.

하지만 조각 자체는 원래 존재하던 것의 일부분일 뿐이다. 반대로 말하면 원래의 것은 그 자리를 떠났다.

그렇게 모든 것이

나에게서 떠나가기만 하는 날이 기울고 있다.

그럼에도 외치는 목소리가

들려와 떠나지 않는 것은 어째서인가.

—「또다시 해는 가고」부분

'나'에게서 무엇인가가 떠나간다면 내 자신도 조각이 된다. 그렇다면 여기에 있는 것은 조각을 보거나 / 보이는 관계가 아니라 양자 모두 무엇인가가 떠나간 상태다. 하지만 이 상태는 부정적이기보다는 오히려 "떠났다"는 것이야말로 언어의 실을 잣기 위한 원동력이라고 생각할 수 있다.

　"떠났다"와 관련해서는 「바래지는 시간속」『광주시편』의 인상 깊은 구절이나 장편시집 『니이가타』의 마지막 장면이 상기된다. 또한 이 시집에서도 귀국운동으로 북으로 돌아간 사람들을 제시하면서 쓰고 있다. 무엇보다 김시종의 시집 전부가 떠나간 것을 향해 쓰여진 것이라 해도 좋다. 김시종이 그리는 식민지 조선, 4·3항쟁, 한국전쟁, 귀국운동, 광주민중항쟁 등과 같은 역사 모두가 그에게는 관여하지 못한 채 "떠나간" 무언가기 때문이다. 그러나 그 무엇인가는 떠나갔기 때문에 "외치는" 것이며, 김시종은 잃어버린 역사 전체가 외치는 소리에 귀를 기울여 각각을 연결시키는 거대한 인식적 / 사상적 장소를 형성해 왔다. 예를 들면 "파도의 산이 허다한 생애를 먼바다에 가라앉혔다. // 바다 밑바닥에서 흙투성이 자갈밭 아래에 / 토사에 가로막혀 움직일 수 없는 생명이 숨막혀 한다. / 헐떡이는 마을 사람들의 필사적인 손을 기다리며 / 찌부러져 딱딱해져 가고 있다"「재앙은 푸르게 불타오른다」와 같은 시구는 지진의 처절함을 전하지만, 그와 동시에 장편시집 『니이가타』에 등장하는 4·3 당시 한 줄로 묶여 산 채로 바다에 유기된 사람들의 모습과 겹쳐진다. 조각의 "외치는 목소리"가 다른 조각을 불러들이는 것처럼 김시종의 시구들은 조용한다.

그렇게 '조각'이나 "떠났다"는 구절은 되돌릴 수 없는 누락을 나타내지만, 다른 한편에서 서로를 연결시키는 힘도 품는다. 이 연결의 힘이야말로 조각을 시로 변모시키는 가능성을 열어젖힌다. 김시종이 말하는 "일본어에 대한 보복日本語への報復"이란 그렇게 떠나간 존재를 어떻게든 파악하고 긍정하기 위한 언어 실천이 아니었을까. 그리고 조각들로부터 차례차례로 시가 흘러나올 때 배면은 배면인 것을 멈추고 앞면으로 반전될 것이다. 큰 관점에서는 조선과 일본의 보다 / 보이다는 관계도 일방적인 것에서 상호적인 것으로 바뀌기도 할 것이다. 배면 그 자체에 배면을 보는 타자가 있었다는 뜻이다. 다시 한 번 「후기」에 있는 글을 인용하고 싶다.

인간의 마음을 참말로 얽을 수 있는 시가, 쓰고 싶다.

"얽을 수 있다あぎなう"는 꼬다, 짜맞추다는 의미인데, 지역이나 국경을 넘어 조각에서 조각을 향해, 흔적과 흔적을 짜 맞추면서 언어의 실을 잣는 사람의 마음에 이르는 시를 쓰고 싶다는 뜻일 것이다. 물론 그것이 『배면의 지도』에서 완전히 이루어졌다고 시인은 말하지 않을 것이다. 오히려 이 시집의 말은 시인의 기도로 보인다.

닫아둔 덧문 마디를 꿰뚫고

빛이 한 줄기

방치된 낮은 다리 밥상 위에 닿는다. 은밀한 이

아침을 믿는다.

—「그럼에도 축복받는 해는 오는가」 부분

원자력발전소가 생산한 불빛은 인간이나 자연과 인접
할 수 없고 또 두툼한 콘크리트 벽에 "둘러싸인 불"이다.
그런 빛이 아니라 남몰래 우리에게 닿는 햇빛, 생활에 이
웃할 빛을 김시종은 믿고 그것을 다시 되찾으려 한다. 극
도로 어려운 상황하에서 불가시화된 무언가에 이르기 위
한 이 "믿는다"는 표현이 기도가 아니라 무엇일까. 그리고
여기에 이르러 오노의 시적 방법 — 이웃하는 중심과 주변
의 상호조사相互照射 — 는 조각의 네트워크에 힘입어 크게
갱신된다. 존재자들의 다양한 삶의 꿈틀거림과 상호 교섭
에 초점을 맞추기 위해서이다.

거듭 말하지만 김시종의 기도가 극도로 어려운 것임은
어느 작품에서나 마찬가지다. 이 시집의 마지막 시인 「밤
의 깊이를 함께」도 "보이지 않는 채로 더럽혀 지는 / 안구
그곳의 초록색 녹을"로 끝나며 안이한 기대를 물리친다.
그러나 「밤의 깊이를 함께」라는 제목이 공유해야 할 기대
를 보여준다고 할 수 있다. 허식에 젖은 빛이 아니라 깊은

밤을 되찾는 것. 배면의 지도를 가시화하는 빛의 회복은 거기서부터다. 한국어판『배면의 지도』에는 잡지『수림樹林』2019년 봄호에 게재된 작품「형태 그대로」도 수록되어 있다. 이 시 역시 동일본대지진을 쓴 시다. 형태 그대로 외부의 재액을 물리치려는 힘을 우엉蒡에서 찾고자 한다.

7

『배면의 지도』에 수록된『습유집拾遺集』은 집성시집集成詩集『원야의 시原野の詩』1991가 출간될 때 수록되었다.『원야의 시』는 1988년까지 발표된 김시종의 전 작품을 담고 있는데, 한 권의 시집으로 엮이지 못했던 1957년부터 1979년까지의 작품이『습유집』으로, 또 1979년부터 대체로 1989년까지의 작품이『계기음상季期陰象』으로 수록되었다.

『습유집』에 수록된「샤릿코」등 많은 작품은 50년대에 출판하려다 무산된『일본풍토기』II에 수록될 예정이었다.『일본풍토기』II는 기적적으로 완전 복원돼 2022년 후지와라서점藤原書店에서 출판되었다. 또한 한국에서도 같은 해에 곽형덕이 번역해 소명출판에서 나왔다.

끝으로『배면의 지도』해설과 관련해 두 가지만 말해 두고 싶다. 하나는 1957년 발표된「비와 무덤과 가을과 어머

니와—아버지, 이 정적은 이제 당신의 것입니다」에 관해
서다. 이 시는 제주도에 있는 아버지의 죽음을 다룬다. 시
마지막 부분은 "산이 부옇게 흐리다. / 바다가 부옇게 흐리
다. / 그 아득한 / 너머가 / 들판입니다"이다. 이것은 아버지
의 매장을 바다로 갈라놓은 상황을 일본에서 그린 것이다.
"떠났다"가 이미 시에 나타났음을 알 수 있다. 덧붙여 부모
님의 무덤과 관련해서는 1972년에 쓴 에세이 「뼛조각 생
각骨片考」에서도 확인할 수 있다『『재일』의 틈새에서』 수록.

　다른 한편으로 1958년 발표된 「하나의 노래」를 보면 김
시종 시세계의 다른 주제라고 해도 좋을 "품다孕む"라는 표
현이 등장한다. 이 때 잉태하는 사람은 시인이다.

　　훨씬 전부터

　　여기서 만나는 것이

　　누구일지도 알고 있었던

　　잉태된 자신의 아이에게

　　언제나 하나의 사실을 말해 왔으므로 그곳에 가면

　　배가 있다.

　　그곳에 당도하면

　　배가 떠난다.

　　　　　　　　　　　　　　　　　—「하나의 노래」 부분

떠나다와 잉태되다. 잉태하는 것은 무엇인가.『배면의 지도』에도 관련된 곤란한 기대가 있음은 분명하다.

고유하면서도 타자에게 열려 있는 일본어 시를 훌륭하게 옮긴 곽형덕 번역자에게 경의를 표한다. 깊은 곳에서 우리에게 호소하는『배면의 지도』를 한국에서도 읽을 수 있게 된 것은 기쁜 일이 아닐 수 없다.

김시종 문학과 내 관련을 애써 따지자면, 김시종 문학 연구자라기보다는 '초기 4부작 시집『지평선』, 『일본풍토기』, 『일본풍토기』II, 『니이가타』'을 한국어로 옮긴 번역자로서의 정체성이 더 강하다. 김시종 문학을 읽고 옮겨왔지만 한 편의 완결된 논문도 쓴 적이 없으니 연구자는 분명히 아니다. 주체적인 번역자 또한 아니었다. 장편시집『니이가타』한국어판 2014 번역도 스스로 찾아낸 것이 아닌 의뢰를 받아서 시작한 일이었다. 그때까지만 해도 김시종은 내게 김사량을 높게 평가한 재일조선인 작가 중 한 명에 불과했다. 김시종이 복잡하게 증폭하고 환원되는 저항의 변증법을 간직한 김사량 문학을 단락적으로 민족주의 작가라는 과중한 애착의 한복판에 가둬서는 안 된다고 했던 1970년대의 평가는 내 김사량 연구에도 큰 영향을 끼쳤다. 김시종 문학과의 진정한 만남은 난해함의 극치인『니이가타』를 이해가 될 때까지 읽고 주변 연구자들에게 더듬더듬 물어 번역하며 시작됐다. 암호와도 같은 시어를 한국어의 지평으로 가져오려 했던 시행착오를 계기로 '김시종'은 내게 찾아왔다. 일시적인 시도였을 번역 작업을 계속한 것은 언어가 끊어진 절벽에 서 있는 듯한 가늠하기 힘든 고통과 쓸쓸함을 시인과 그의 시에서 느끼고 강렬하게 끌렸기 때문인지도 모르겠다. 번역을 계기로 시인과의 '대화'도 시작됐는데 다른 작가들과 달리 작품과 작가 사이에 괴리를 조금도 느낄 수 없었다. 이는 파울 첼란이 그랬던 것처럼 김시종이 철저히 "자신의 문제로" 시를 썼기 때문이다.

초기 4부작 번역은 의도했다기보다는 우연의 결과다. 2016년 니가타에서 개최된 '김시종의 『니이가타』를 니가타에서 읽는다金時鐘の「新潟」を新潟で読む' 세미나가 끝난 후 시인께 『이카이노 시집』을 번역하고 싶다고 말씀드렸었다. 비슷한 시기에 같은 책 의뢰를 받으셔서 혼동을 느끼셨는지 나중에 전화를 드리니 시인은 『지평선』 번역으로 기억하고 있었다. 그렇게 뜻하지 않게 시인의 첫 시집인 『지평선』 번역이 시작됐고, 몇 년 후 『일본풍토기』와 『일본풍토기』 II를 합친 『일본풍토기』완전판을 내면서 '초기 4부작' 번역은 완료됐다. 그런 과정을 보더라도 김시종의 시집을 번역했다기보다 우연과 필연이 교차하며 '나'를 매개로 번역됐다는 느낌이 강하다. 시인의 표현을 빌리자면 "다만 거친 것이 아니라 큰길을 걸으면서 무언가에 발이 걸려 넘어지고 자빠지는 듯한 일본어"를 한국어 표준어로 옮기는 것의 불가능성은 번역자 또한 절절히 느꼈던 난제임에 틀림없으나, 그 불가능성의 틈새에 김시종이 '제주 4·3' 이후 재일을 살아간 흔적 또한 존재한다고 할 수 있다. 그 틈새는 시

인이 참혹한 비극의 현장을 떠나 '세이프티존안전지대'『일본풍토기』곳곳에서 산견됨에 몸을 숨기고 있다는 부채 의식을 품고 '조선인의 일본어'로 시를 쓰며 벌어진 것이기도 하다.

초기 4부작을 다 번역한 2022년 봄 쯤, 나는 김시종 시 번역자라는 기쁘지만 무거운 소임을 모두 내려놓았다는 마음에 조금은 안도했다. 난해함만으로는 설명되지 않는 의도된 암호특히 『일본풍토기』. 조선총련 압박을 피하기 위한 우회 전략를 해독하는 작업에서 풀려났다는 생각이 들지 않았다면 거짓말일 것이다. 그러다 시인께 드렸던 약속이 불현듯 떠올랐다. 『지평선』을 번역 출간했던 2018년 여름, 김시종 시인의 자택이 있는 이코마역 근처에서 출간 기념모임을 했다. 그때 초기 4부작 시집 번역을 마칠 무렵에도 최신작인 『배면의 지도』2018 번역 의뢰가 없다면 미흡하나마 번역을 하고 싶다고 말씀드렸다.

시인은 2011년 『잃어버린 계절』로 다카미 준상高見順賞을 받으러 도쿄로 가는 길에 파도가 산이 돼 일본열도를 덮쳐온 3·11과 마주한 충격과 공포, 그리고 일본 사회의 모습을 이 시집에 담아냈다. 1950년대 반핵시위 현장에서 반핵을 담은 시 「남쪽 섬─알려지지 않은 죽음에」1954.3, 「지식」1954.9, 「묘비」1954.9, 「아이와 달」1955.8 등을 쓰고 낭송했던 시인이, 60여 년이 지난 후 마주한 후쿠시마 원전사고 이후를 쓴 시집이다. 후쿠시마 원전사고를 보며 자신들전후 민주주의자의 책임을 통감하며 오열했다는 오에 겐자부로 등의 대응과 비교해볼 수 있는 시집이기도 하다.

또한 이 시집은 반핵운동과 후쿠시마 원전사고뿐 아니라 제주4·3의 비극과도 포개진다. 시집 곳곳에는 제주4·3이 은유와 환유, 혹은 음울한 분위기 등으로 드러나 있다. 시인이 직접 밝힌 것처럼 『광주시편』은 "4·3 체험자로서의 마음의 빚, 트라우마가 역으로 움직여" 표현한 것이기도 했다. 『배면의 지도』에 실린 시는 후쿠시마 원전사고와 그에 따른 죽음을 표현한 것인데, 제주4·3의 "목숨이 끊어진 성불 못할 원한을 간직한 시체"가 연상되는 것은 피할 수 없다.

몸뚱이는 뒤얽힌 떠내려가는 나무가
정체된 밑바닥에서 흘러내린다.
판별할 수 없을 정도로
인간을 벗어난 시체였다.
밤새도록 태풍이 몰아친 여파로 비바람이 치고
사람들은 숨을 죽이며 돌아오지 않는 가족의 권화勸化를
빌었다.
(…중략…)
시대가 뒤틀려서 몸부림칠 때만큼
사람은 신묘하게 죽은 자가 없는 죽음을 애도한다.
애도함으로 갑자기 죽음을 묘석으로 바꾼다.

점점 더 시체는 속이 텅 비어간다.

죽은 자는 누구이며 나는 어떤 죽음의 누군가에게

손을 모으고 있는 것일까.

　　　　　　　　　　　　　　　　　　　　　—「애도 아득히」 부분

　『배면의 지도』에 실린 시 한 편만을 놓고 보더라도 동일본대지진·후쿠시마 원전사고 이후의 '죽음'을 묘사한 시는 그 자체로 종결되는 것이 아니라 김시종의 '제주 4·3'과 이어진다. 두 '사건' 사이의 엄연한 차이를 충분히 인식하더라도 시어로부터 연상되는 이미지가 겹쳐지는 것은 피할 수 없다. 그런 의미에서 『배면의 지도』는 김시종의 시 세계와 동떨어진 시집이 아니라, 『지평선』-『일본풍토기』-『일본풍토기』 II-『니이가타』-『이카이노시집』-『광주시편』-『화석의 여름』-『잃어버린 계절』과 이어지는 시집이라 하겠다.

　『배면의 지도』를 번역하며 새삼 느낀 것이 있다. 번역은 확실히 고된 작업이지만 필사처럼 작가의 숨결과 의도를 한 땀 한 땀 아로새기며 가장 가까운 거리에서 체감하는 가장 빠른 길이다. 필사가 작가의 글을 그대로 옮기는 작업이라면, 번역은 원작을 해석해서 언어변환 과정을 거쳐 옮기는 작업이기에 창의적인 필사라고 할 수 있다. 번역을 거치지 않았다면 산문 편향으로 살아온 내가 김시종의 시 세계와 접속할 수 있는 길은 아마도 영원히 없었을 것이다. 『배면의 지도』를 번역하는 도중에 '김석범과 김시종 특별기획 국제문학 포럼'2023.6.24,제주문학관에서 발표할 기회를 얻었다. 마침 그 자리에 김시종 시인이 예고 없이 찾아왔다. 코로나19로 어려운 상황 속에서 2022년부터 부모님 묘소 이장을 위해 제주행을 손꼽아 기다리던 시인은 국제포럼 일정에 맞춰서 입도해서 즉석 인사말을 발표하고 포럼이 끝날 때까지 자리를 지켰다. 국제포럼 현장에서 시인은 즉석 인사말로 특별기획전에 관한 소회를 밝혔다.

불온한 사상의 실제를 살펴본다는 엄한 유식자들의 모임이라는데 어째서인지 제 마음은 언제 없이 포근하고 안온합니다. 우선은 미더운 제 고향 벗들이 자리를 같이 하고 있다는 신뢰가 있는 까닭이기는 하오나, 날을 따라 해를 따라 깊어져가기만 하는 제 고장 제주에 대한 그리움, 그 품 안에 안겨있다는 안도감. 제가 어떤 꾸지람을 듣든 날카로운 추궁을 당하든 해변가에서 소리 짓는 물결을 넘는 소리는 아닐 겁니다.

나의 일생과 부모님 생애를 잘라낸 4·3사건이라는 생지옥 재앙. 자기 연명을 위해 그 와중을 혼자 도피한 비겁한 사나이 김시종. 그자에게 어째서 이리도 너그럽고 따사로운 고향이며 고국일까요. 생각을 다시 하면 안온히 지낼 수 없는 내 처지이며 나의 인생이었습니다.

불온한 사상이라는 것은 결코 정치적이나 사상적 변형은 아닙니다. 있는 그대로의 삶 그 삶을 조성하고 구성하고 그것을 밑천으로 권세부리는 사람들. 그런 사회적 구성 질서. 그 나라 사회질서에 의심을 품는 사람, 그에 대해서 할 수 없다고는 체념치 않는 사람들 사이에 조성되는 반감, 대항력, 때문에 권세자나 있는 그대로 지내고자 하는 사람들의 신변에는 난데없는 불안감이 감돕니다. 그렇기에 불온한 사상은 의식하는 자가 그대로는 지닐 수 없다는 의지적 각성, 있어서는 안 될 형태 또는 그 내용. 그에 대해서 의지적으로 제 삶을 그런 사태와 사람과 권력자들에게 맞서서 살아보자는 사람. 그게 바로 불온한 사상입니다. 그런 사람은 어디서나 어느 때나 어느 나라에서나 불온한 존재의 사람들이며 나아가서는 언젠가 변혁의 싹이 될지도 모르는 기운氣運의 실제이기도 합니다. 단한 마디 인사가 되어 미안합니다. 심심히 감사드립니다.

즉석 인사말은 국제포럼의 키워드인 "불온한 사상"을 중심에 두고 있다. 이는 "의식하는 자가 그대로는 지닐 수 없다는 의지적 각성, 있어서는 안 될 형태 또는 그 내용. 그에 대해서 의지적으로 제 삶을 그런 사태와 사람과 권력자들에게 맞서서 살아보자는 사람"의 의식을 뜻한다. 시인의 '즉석 인사말'은 이 시집에 수록된 「시론 I」과 「시론 II」과 이어지는 김시종 시론의 핵심을 담고 있다.

김시종의 「시론 I」은 전국문학인 제주포럼 '문학의 숨비소리 제주'2017.10.13에서 했던 기조 강연문을 번역한 것이다. 원제목은 「시는 현실 인식의 혁명」이었는데 이후 자연스럽게 김시종의 「시론」으로 알려져 왔다. 2022년에는 김시종 시인이 국립아시아문화전당에서 수여하는 '제4회 아시아문학상' 수상자로 결정된 후 쓴 수상 소감문 「시는 쓰이지 않고도 존재한다」를 발표하면서 한국어로 번역된 '시론'은 두 편이 됐다. 「시론 I─시는 현실 인식의 혁명」과 「시론 II─시는 쓰이지 않고도 존재한다」가 그것이다. 「시론 I」이 인식 혁명으로서의 시의 역할과 서정의 내실을 궁구한 것이라 한다면, 「시론 II」는 해방 이후 "일본어를 향한 보복"이 지니는 함의를 밝힌다. 두 편의 시론을 관통하는 주제는 시란 무엇인가라는 근원적인 질문과 함께 일본의 전통시를 관통하는 비평 의식 없는 서정을 향한 매서운 비평 의식이다.

두 편의 시론은 각각 2017년과 2022년에 나왔지만, '제주4·3'과 망명, 그리고 재일조선인문학자로서 살아온 70여 년이라는 세월이 축적돼 있다. 겹겹이 쌓인 고투苦鬪의 과정을 거쳐 뽑아낸 '시론'은 그의 시와 비교하면 난해하지 않다. 이는 시인이 그동안 써왔던 시를 정리하는 식의 과거 지향적인 방식이 아니라 '지금 여기'에 개입하는 비평 의식을 '시론'에 담았기 때문이다. '시론' 곳곳에는 현대 일본 사회를 향한 비판과 '시를 살아'가는 것으로 병폐를 타파하고자 하는 의지가 가득하다. '시론'에서 시인에게 '시詩'는 문학의 한 장르가 아니라, 쓰이지 않고도 존재하며 "목구멍에 막혀서 나오지 않는 말"이자 "타인의 삶"과 연결돼 있는 언어화되기 이전의 어떤 것으로 표현돼 있다. 시는 "일상에 익숙해져서 완전히 무지러진 언어"일 수 없으며 고통 받으며 살아가는 많은 이들의 마음에서 길어 올린 순수하며 진실한 것이다.

하지만 순수하며 진실한 시는 흔히 말하는 서정적인 시와는 결이 다른 "현실 인식의 혁명"을 촉구하는 비평적인 서정을 품고 있다는 점에서 주의를 요한다. 시인이 "시를 살아간다"는 낯선 표현을 쓰는 이유는 시야말로 "난숙해진 경제력" 속에서 눈앞의 이익과 지식에만 사로잡힌 답답한 시대에 균열을 낼 수 있는 실천에 다름 아니기 때문이다. 김시종에게 시를 살아가는 사람은 "이미 성립된 정의조차 의심하며, 선악과 미추를 즉각적으로 판단하지 않으며, 대다수가 쏠려가는 지점으로부터 이탈한 인간"이며 "유연하게 반골적인 기골을 숨기고 있는 사색하는 사람"이다. 이는 타자와 사회에 대한 관심을 잃고 좁디좁은 자신의 내면에 침잠해 가는 현대문학과 사회를 향한 비판인 동시에, "자신의 존립만이 모든 것"이 되는 상태로부터의 이탈을 시도한 것이기도 하다. 김시종에 시인은 서정적이고 이름

난 시를 쓰는 존재가 아니다. 그보다는 "대세로 기울지 않고, 권위에 알랑거리지 않고, 정의라 일컬어지는 것을 통째로 삼키지 않고, 간과되고 소홀히 여겨지는 것에 시선이 가며, 익숙한 것이 마음에 걸리는 사람"이 시인이며, 그런 "시인이 구석구석에 점재돼 있는 나라, 골목길 서민들의 연립주택이나, 촌마을, 학교, 직장에 슬며시 그런 시인이 살아가고 있는 나라야말로" 아름답다고 쓰고 있다.

　김시종의 '시론'은 2017년 아베 정권이 "아름다운 일본"이라는 슬로건을 내걸고 타자와의 공존보다는 과거로의 회귀를 소리 높여 외치던 시대에 그에 대한 반론이라는 맥락을 담고 있다. 김시종의 '시론'이 나온 지 7년이 돼 가는 현재 글이 제기하는 문제의식은 한국 사회에도 뼈아프게 다가온다. 김시종의 시론은 오래 전 쓰인 '정전'이라기보다 "목구멍까지 치밀어 오르는 마음을 지니고 있으면서도 여전히 표현하지 못한 채 살아가는 많은 사람"의 마음을 담아낸 정전이라 하겠다.

　『배면의 지도』 한국어판 완역을 끝으로 김시종 시인이 일본어로 출간한 모든 시집이 한국어로 옮겨졌다. '나'를 매개로 시인의 일본어판 시집 중 5권이 4권의 한국어판 시집에 담겨 출간됐다. 『배면의 지도』 한국어판 출간에 이르기까지 많은 분들의 도움을 받았다. 번역과정에서 김시종 시인과의 연락을 중개해 주신 정해옥 시인, 『지평선』,

『일본풍토기』에 이어 김시종 시 해석의 사상적 지평을 열수 있는 해설을 써주신 오세종 선생님께 감사드린다. 총 4회의 번역 연재 지면을 내준 『제주작가』와, '아지랑이炎陽 연작시'를 게재해준 『창작과비평』의 후의가 없었다면 출간 작업은 훨씬 늦어졌을 것이다. 엄혹한 출판 사정에도 『지평선』, 『일본풍토기』에 이어 또 한 권의 김시종 시집이 한국어 옷을 입고 소명출판을 거쳐 세상에 나올 수 있게 해준 박성모 사장님의 '결단' 또한 빼놓을 수 없다.

장편시집 『니이가타』 한국어판 출간으로부터 10년이 세월이 흘렀다. 2018년 4월 『지평선』 번역 후기를 쓰며 "혹한기가 끝나고 한반도에 봄이 찾아오고 있는 오늘 (…중략…) 남북 간에 지금껏 꿈꿔보지 못했던 새로운 희망의 지평이 열리기"를 바라는 심정을 적었는데, 변화무쌍한 세월의 흐름에 간담이 서늘해진다. 이는 '촛불항쟁' 이후 문재인정부가 들어서고 남북 화해 무드가 찾아오던 시기였기에 쓸 수 있던 글귀였다. 그로부터 6년이 지난 현재 한반도에는 '봄'은커녕 혹한의 '겨울'이 매섭다. 제주4·3 76주년을 맞아 지금까지 겪어보지 못한, 진정 새로운 '봄'을 고대해 본다.

2024년 4월 3일
옮긴이 씀

김시종 시인 연보

1929년   12월 8일 부산'에서 아버지 김찬국金讚國, 어머니 김연춘金蓮
          春 사이의 외아들로 출생했다. 황군皇軍 소년이 되는 것을
          갈망하는 소년 시절을 보냈다.
1936년   원산에 있는 할아버지 집에 한방 치료를 겸해 일시적으로
          머물렀다.
1938년   아버지의 책장에서 세계문학 관련 서적을 열중해서 읽기
          시작했다.
1942년   광주의 중학교에 입학했다.
1944년   굶주림과 혹독한 군사 교련으로 늑막염을 앓았다.
1945년   제주도에서 해방을 맞이했다. 제주도 인민위원회에서 활동
          을 개시하는 등 민족사를 다시 응시하고 운동에 투신했다.
1947년   남조선노동당 예비위원으로 입당해 빨치산 활동을 벌였다.
1948년   제주4 · 3항쟁에 참가했다. 산부대를 돕는 역할을 하다가
          군경에 쫓기는 몸이 됐다. 병원 등에서 숨어 지내며 목숨
          을 건졌다.
1949년   6월 일본으로 밀항해 제주 출신이 많은 오사카의 이카이
          노로 들어갔다. 이후 '임대조 / 하야시 다이조林大造'라는 이
          름으로 생활했다. 오사카 난바에 있는 헌책방에서 오노 도
          자로의 『시론』을 사서 읽고 깊은 감명을 받았다.
1950년   일본공산당에 입당했다.**
1951년   『조선평론朝鮮評論』 2호부터 편집에 참가했다. '민족학교'
          탄압에 대항해 재일조선인연맹조련계 학교인 나카니시조
          선소학교 재건운동에 참여했다.

---

*   자전 『조선과 일본에 살다』를 보면 출생지가 원산에서 부산으로 수
     정돼 있다.

1952년	4월 나카니시조선소학교가 경찰기동대에 둘러싸여 개교 됐다. 5학년 담임으로 부임했다.
	6월 스이타사건 데모에 참여했다.
1953년	2월 오사카 조선시인집단 기관지 『진달래チンダレ』를 창간 했다.
	4월 재일조선통일민주전선민전의 상임위원에 취임했다.
1954년	2월 심근장애로 이쿠노 후생진료소生野厚生診療所에 입원했다.
1955년	12월 첫 시집 『지평선地平線』을 800부 한정정가 250엔으로 발 행했다. 서문은 오노 도자부로가 썼다. 초판이 일주일 만 에 매진됐다. 재일조선인 사회만이 아니라 일본 시단에서 도 큰 반향이 일어났다.
1956년	2월 오사카조선인회관에서 『지평선』 출판기념회회비 50엔가 열렸다. 입원 중인 병원을 빠져나와 출판기념회에 참석했 다가 병이 악화됐다.
	5월 『진달래』 15호에 '김시종 특집'이 꾸려졌다. 여름 이쿠 노 후생진료소에서 퇴원했다.
	11월 『진달래』 회원 강순희와 결혼했다.
1957년	8월 『진달래』에 발표한 시와 평론이 조선총련으로부터 정 치적 비판을 받았다.
	11월 시집 『일본풍토기日本風土記』를 냈다.
1958년	10월 조선총련과의 갈등으로 인해 『진달래』가 제20호를 끝으로 폐간됐다.
1959년	2월 진달래가 해산됐다. 양석일, 정인 등과 '가리온의 모임 カリオンの会'을 결성했다.
	6월 『가리온』이 창간됐다. 장편시집 『니이가타』 원고를 완 성하지만 조선총련과의 갈등으로 1970년까지 원고를 금 고에 보관했다.

★★ 『집성시집 들판의 시』에 있는 연보에 따르면 공산당 입당 시기는 1949년 8월로 나온다.

1961년	일본어로 창작을 하는 김시종에 대한 조선총련의 조직적 비판이 최고조에 달했다.
1963년	재일조선문학예술가동맹 오사카지부 사무국장에 취임했다. 하지만 창작활동은 허락을 맡아야 해서 사실상 절필 상태에 빠졌다.
1964년	**7월** 조선총련에 의한 '통일시범統一試範, 소련의 '수정주의'을 규탄하고 김일성의 자주적 유일사상을 장려'을 거부해 탄압을 받았다.
1965년	**6월** '통일시범' 거부 문제로 오사카지부 사무국장 자리에서 물러났다. 조선총련과 절연 상태로 접어든다.
1966년	**7월** 오노 도자부로의 추천으로 '오사카문학학교' 강사 생활을 시작했다.
1970년	**8월** 조선총련의 오랜 탄압을 뚫고 장편시집 『니이가타』를 출판했다.
1971년	**2월** 시즈오카 지방재판소에서 열린 김희로·공판에 증인으로 출석했다.
1973년	**9월** 효고현립 미나토가와고등학교兵庫県立湊川高等学校 교원이 됐다. 일본 교육 역사상 최초로 조선어가 공립고교에서 정규 과목에 편성됐다.
1974년	**8월** 김지하와 '민청학련'사건 관계자의 즉시 석방을 요구하고, 한국의 군사재판을 규탄하는 집회에 출석해서 '김지하의 시에 대해서'를 보고했다.
1978년	**10월** 『이카이노시집猪飼野詩集』이 출판됐다.
1983년	**11월** 광주민주화운동에서 촉발된 『광주시편光州詩片』이 출판됐다.
1986년	**5월** 『'재일'의 틈에서「在日」のはざまで』가 발간됐다. 이 작품으로 제40회 마이니치출판문화상을 받았다.
1992년	『원야의 시原野の詩』로 제25회 오구마 히데오상小熊秀雄賞 특별상을 수상했다.
1998년	**3월** 15년 동안 근무했던 효고현립 미나토가와고등학교를 퇴직했다. 김대중 정부의 특별조치로 1949년 5월 이후 처

음으로 한국에 입국했다. 밀항한 이후 처음으로 부모님 묘
소를 찾았다.

1998년	10월『화석의 여름化石の夏』이 발간됐다.
2001년	11월 김석범과 함께『왜 계속 써 왔는가, 왜 침묵해 왔는가 −제주도 4・3사건의 기억과 문학なぜ書きつづけてきたか・なぜ沈黙してきたか−濟州島四・三事件の記憶と文学』을 출간했다.
2003년	제주도를 본적으로 해서 한국 국적을 취득했다.
2004년	1월 윤동주 시를 번역해『하늘과 바람과 별과 시空と風と星と詩』를 냈다. 10월『내 삶과 시わが生と詩』를 출간했다.
2005년	8월『경계의 시境界の詩』가 발간됐다.
2007년	11월『재역 조선시집再訳 朝鮮詩集』이 발간됐다.
2008년	5월『경계의 시』가 번역 출간유숙자 역됐다. 한국어로 번역된 첫 번째 시집이다.
2010년	2월『잃어버린 계절失くした季節』이 발간됐다.
2011년	『잃어버린 계절』로 제41회 다카미 준상高見順賞을 수상했다.
2014년	6월 장편시집『니이가타』한국어판 출판곽형덕 역에 맞춰 제주를 방문해 '제주4・3' 당시 남로당 당원으로 활동했음을 처음으로 공표했다. 12월『광주시편』이 한국어로 번역김정례 역돼 나왔다.
2015년	『조선과 일본에 살다−제주도에서 이카이노로朝鮮と日本に生きる−濟州島から猪飼野へ』를 발간했다. 이 자전으로 오사라기지로상을 수상했다.
2018년	1월 후지와라서점에서『김시종컬렉션』총12권이 발간되기 시작했다. 3월 시인 정해옥의 편집으로『기원 김시종 시선집祈り 金時鐘詩選集』이 발간됐다. 4월『배면의 지도背中の地図』가 발간됐다. 6월 한국에서『지평선』곽형덕 역이 발간됐고 같은 해에 세종도서 교양부문에 선정됐다.

2019년	8월 『잃어버린 계절』이 번역^{이진경 외역}돼 나왔다.

2019년 · · · 8월 『잃어버린 계절』이 번역이진경 외역돼 나왔다.
12월 『이카이노시집 외』가 번역이진경 외역 출간됐다.

2020년 · · · 4월 김시종 시인 헌정 논집 『김시종, 재일의 중력과 지평의 사상』고명철 외이 출간됐다.

2022년 · · · 3월 반세기도 훨씬 전에 출간이 무산됐던 『일본풍토기日本 風土記』 II가 일본 후지와라서점에서 출간됐다.
7월 김시종의 초기 4부작지평선, 『일본풍토기』, 『니이가타』, 『일본풍 토기』 II 번역의 완결이라 할 수 있는 『일본풍토기』완전판 한국 어판곽형덕 역이 출간됐다.
10월 국립아시아문화전당에서 "틈새와 경계 넘는 미학적 실천"의 노력이 높게 평가받아 제4회 아시아문학상 수상 자로 선정됐다. 10월 20일 광주에서 열린 시상식에는 코 로나19로 인해 비대면으로 참석했다.

2023년 · · · 6월 제주문학관에서 '김석범·김시종ㅡ불온한 혁명, 미완 의 꿈' 특별전과 함께, '김석범과 김시종 특별기획 국제문 학 포럼'6.24이 열렸다. 포럼 기간에 제주를 찾은 시인은 "불 온한 사상의 실제"와 관련하여 즉석 인사말을 발표했다.

2024년 · · · 4월 20일 '제주도 4·3을 생각하는 모임 / 도쿄'에서 '제주 4·3은 정의실현의 폭발이었다ㅡ식민지 조선에서 태어나 자라, 재일을 살아낸 시인의 물음'이라는 제목의 강연을 했다.